Wolf Ollrog

„Ich hätte dich gebraucht"
Nachkriegsgeschichten

meiner Schwester D.

Der Autor:
Dr. Wolf Ollrog (Jg. 1943), verheiratet, zwei Kinder, ev. Pfarrer. Arbeitete als Gemeinde-, Studenten-, Schulpfarrer und Hochschuldozent. Ausbildungen in Bondingpsychotherapie, Transaktionsanalyse und Systemischem Aufstellen. Schwerpunkte: Workshops für Paare, Bonding-Intensiv-Workshops; System. Aufstellungen; lebensbegleitende Supervisionsgruppen, Einzel- und Paarberatung.
Veröffentlichungen (u.a.): „Nie gesagte Worte" in: Deutschland und seine Weltkriege: Schicksale in drei Generationen und ihre Bewältigung (2012); „Aus der Traum. 101 bewährte Vorschläge, wie man seine Partnerschaft vor die Wand fahren kann" (2013); „Ein Quantum Leben. Woher wir die Kraft zum Leben nehmen" (2014); „Die drei Säulen der Partnerschaft. Was Partnerschaften stabil, ebenbürtig und glücklich macht" (2015); „Wir müssen reden! Die Partnerdiade – eine einfache Gesprächshilfe für schwierige Themen" (2016); „Geklopfte Sprüche. Über die Welt, die Liebe und andere unflätige Dinge" (2019); „Eine Urlaubsliebe" (2021).

Wolf Ollrog

„Ich hätte dich ge-braucht"

Nachkriegsgeschichten

Bibliografische Information der Deutschen Bibliothek:
Die Deutsche Bibliothek verzeichnet diese Publikation in der
Deutschen Nationalbibliografie; detaillierte bibliografische Daten
sind im Internet über <http://dnb.ddb.de> abrufbar.

1. Auflage 2017
2. leicht überarbeitete Auflage 2021
Alle Rechte vorbehalten
ISBN 978-3-753404-09-7
Herstellung und Verlag: BoD-
Books on Demand, Nordertedt

Inhalt

Einleitung

Über 7 Jahrzehnte, fast drei Generationen, trennen uns vom Krieg in diesem Land. Auf dem meisten, was damals geschah, liegt eine Staubschicht des Vergessens. Was nachbleibt, sind – außer vielleicht ein paar meist harmlosen, blass gewordenen Bildern – unsere Geschichten.

In Geschichten verdichten sich unsere Erlebnisse und Erfahrungen. Auf erzählbare Weise bewahren sie, in kleine Einheiten verpackt, was uns wichtig war. In unsern Geschichten leben die hinter uns zurückbleibenden Ereignisse und Gefühle wieder auf und verwandeln Vergangenes in Gegenwart. Geschichten erzählend nehmen wir andere mit in unsere Welt. Nicht nur das Leben anderer, auch das eigene gewinnt man zurück durch Geschichten.

Ich erzähle Geschichten aus der ersten Zeit meines Lebens, Kindergeschichten, Geschichten aus dem Krieg und den ersten Nachkriegsjahren. Ich tauche noch einmal ein in eine Zeit, die meinen Kindern und den meisten Menschen heute fremd ist, die aber für mich, unsere Familie, unser Land und weit darüber hinaus eine ungeheuerliche Zeit war, voller Erschütterungen, persönlicher Katastrophen und zerstörter Biografien – und zugleich auch wildentschlossener Lebenskraft.

Der von Deutschland angezettelte Krieg richtete ein unvorstellbares Maß an Grauen an. Seriösen Schätzungen zufolge hinterließen Krieg und Nachkriegszeit ein Blutmeer von über 50 Millionen umgekommenen Menschen in vielen Ländern dieser Erde, vor allem in Russland. Die Zahl der deutschen Kriegsopfer dürfte bei 7 Millionen gelegen haben, davon gut 3 Millionen Soldaten und knapp 4 Millionen Zivilisten. Mehr als 14 Millionen Deutsche oder Deutsch-stämmige wurden außerdem bis 1950 Opfer von Vertreibung und Flucht. Sie verloren ihre Heimat, ihr Land, ihre Habe, ihren Mann, ihre Frau, ihre Kinder, Geschwister, Eltern, Verwandte. Sie machten ungeheure Strapazen durch. Viele Menschen verloren ihre Würde und ihre moralischen Maßstäbe. Sie erlebten die Umwertung von Recht und Unrecht und waren auch selbst daran beteiligt. Nur wenige blieben unbeschadet. Nur wenige, die keine Schuld auf sich luden.

Schätzungsweise 15 Millionen Menschen waren bei Kriegsende in Deutschland unterwegs und suchten eine Bleibe oder ihre Angehörigen. Zahllose Familien wurden auseinandergerissen, mehr als 2 Millionen Waisenkindern fehlten die Eltern. Über eine halbe Million Menschen verlor bei den Flächenbombardements der Städte ihr Leben. An die 6 Millionen Juden wurden in den KZs und Vernichtungslagern ermordet, dazu vermutlich 3 Millionen Kriegsgefangene, Sinti und Roma, Euthanasieopfer, Homosexuelle, KZ-Häftlinge, Zwangsarbeiter, Deportierte, Christen, Kommunisten, Sozialdemokraten und sonstige Zivilisten. Eine ungleich größere Zahl von Menschen erlitt körperliche und seelische Verletzungen. Kaum eine Familie, die nicht davon betroffen war.

Das sind unvorstellbare Zahlen von Einzelschicksalen. An den meisten später Geborenen rauschen sie vorbei. Fassbar werden sie erst, wenn man von einzelnen Menschen erzählt. Dazu muss man ihre Geschichten anhören.

Es ist wohl ein Bedürfnis des Alters, sich noch einmal umzudrehen und zurückzuschauen, damit das eigene Leben nicht sang- und klanglos im Nebeldunst der Vergangenheit entschwindet, und dabei zu fragen: Was hat mir damals die

Richtung gewiesen? Wie haben die Umstände mich zu dem werden lassen, was ich bin? Woher komme ich, und was habe ich selbst daraus gemacht?

Indem ich anfing, mir meine Geschichten noch einmal zu erzählen, füllten sie sich mehr und mehr mit Leben, fingen plötzlich wieder Farbe ein. Geschichten nähren das Kind in uns. Wir schlagen ein Bilderbuch auf, und die Ereignisse, die Figuren mit ihren Ängsten und Hoffnungen beginnen noch einmal lebendig zu werden.

Natürlich sind es nur meine Geschichten, die ich erzähle. Jeder Mensch erzählt seine eigenen Geschichten und schreibt daraus seine eigene Geschichte. Das Bild, das entstand, ist eigensinnig und schillert in meinen Farben. Aber nur so erschließt sich uns die Welt. Das kann die objektive Draufsicht, die noch so gut recherchierte Beschreibung der Umstände nicht leisten. Erlebbar, mitfühlbar wird Geschichte durch die von uns erzählten Geschichten.

Ich nehme Sie, meine Leserinnen und Leser, für eine Weile hinein in meine Kinder-Welt, eine kleine Welt, die von mir, meiner Familie und den Menschen in meinem nächsten Umfeld handelt. Personen- und Ortsnamen habe ich dabei verfremdet. Ich lasse Sie teilhaben an dem, was mich bewegte und beschädigte, was mich belebte und erschütterte, was ich verstand und nicht verstand – in dem Wissen, dass die große, ganz aus den Fugen geratene Welt meiner kleinen den Rahmen setzte und damit zugleich ein Stück Zeitgeschichte auflebt.

Wie ich zur Welt kam

Mein Anfang war kraftvoll. Meine Mutter wollte mich unbedingt haben.

Ein halbes Jahrhundert später, an meinem fünfzigsten Geburtstag, den sie nicht mehr erlebte, erzählte mir mein Vater – er machte mir damit, ohne es geplant zu haben, das bei weitem schönste Geschenk – die Geschichte meines Werdens ... wie meine Mutter, oder besser: Mutti, denn so habe ich sie immer genannt, als er im Juni 1942 für sechs Wochen zum Stabs-Lehrgang von der russischen Front nach Berlin abkommandiert wurde, sich, ganz außerhalb der Regel, für drei Wochen bei ihm in seiner engen Lehrgangs-Butze einquartierte, wie mein Vater ein Feldbett neben seinem aufschlug, und wie seine Frau, bereits Mutter zweier Töchter, mit der ihr eigenen trotzig-selbstverständlichen Art, der man nicht widersprechen konnte, sagte: „Ich gehe hier nicht eher wieder weg, bis du mir einen Sohn gemacht hast!"

Was für Liebesnächte! Wie viel Lust auf Leben! Welche Umstände: das knarzende Bett (denke ich mir), die hellhörigen Wände, die Heimlichkeiten, das Tuscheln, Beneiden und Augenzwinkern der Kameraden, die langen Tage, wenn mein Vater in seinem militärisch-ideologischen Unterricht saß, vielleicht kurze Spaziergänge in den Pausen, voller nächtlicher Sehnsucht, durch eine Stadt im Kriegsfieber, Militärfahrzeuge überall, und immer wieder Sirenengeheul und Nachtverdunklungen. Martialische Parolen füllten die Schlagzeilen, schallten aus den Volksempfängern, schrillten aus Lautsprechern: Die deutschen Truppen eilen von Sieg zu Sieg, Tod den Bolschewiken, die Judenfrage muss endlich gelöst werden, wir brauchen Lebensraum im Osten für die arische Rasse, Kinder für den Führer. Mit dem allen hatten meine Eltern keine Probleme. Sie standen auf der richtigen Seite.

Das lediglich Menschliche, Private, Intime hat zwanglos Platz neben dem Schrecklichen und Wahnsinnigen. Auch wenn die Stadt schon brennt, sucht sich das ganz Normale seinen Weg: essen, trinken, lachen, weinen, fürchten, hoffen, sterben, Kinder zeugen. Das Leben fragt nicht erst nach gut und böse, es wartet nicht auf bessre Zeiten, es schert sich nicht um den Tod, es hört nicht auf zu begehren.

Die Tagesstunden schleppten sich voran. Wird es wieder Alarm geben? Werden wir eine ungestörte Stunde zusammen haben? Wie meine Mutter die Abende, die Nächte herbeigewartet hat, wo Nehmen und Geben mit Leidenschaft erfolgten, wie sie in ihren Körper hineingehorcht hat! Ich will einen Sohn, von dir, der in ein paar Wochen wieder an die Front verschwindet, den ich vielleicht nicht wiedersehe! Ich will endlich das Männliche von dir! So wurde ich von meinen Eltern auf den Weg gebracht, *als Kind der Liebe*.

Ich frage mich: Wo blieben meine Schwestern in diesen Wochen? Wem hat meine Mutter ihr beiden Töchter, gerade den Windeln entwachsen, in den Arm gedrückt? Spannte sie ihre Eltern in Kassel ein? Ließ sie die Kinder bei ihren Nachbarn in Witten, mit denen sich meine Eltern gut verstanden? Der Aufwand war groß. Aber sie bekam es hin. Sie war besessen von dem einen Wunsch. Drei ganze Wochen blieb sie in Berlin, bis sie es wusste, dass sie mich bei sich hatte. Dann fuhr sie ab, soff und satt von Leben mit ihrem Mann.

Das waren unvergessene Tage, kann sein, die schönsten ihres Lebens, vielleicht die intensivsten. Meine Mutter nimmt sie mit zurück nach Haus, sie werden sie noch lange wärmen, wenn ihr Mann weit weg ist und sie des Nachts allein nach innen schaut.

So griff ich Platz in ihrem Leib, ihr drittes Kind. Sie wusste es: Es wird ein Junge, bestimmt wird es ein Junge, ein endlich ihr geschenkter Sohn, er soll nach seinem Vater heißen.
Für mich war es ein guter Platz. Nie hatte ich einen besseren. Meine Mutter machte es stark in einer Zeit, die ihr viel abverlangte. Sie fühlte es innerhalb, es machte sie sicher: Dieser bleibt mir, wenn die Angst größer wird und, sie wagt es nicht zu denken, wenn der Krieg nach dir, meinem Mann greift, wenn ich dich verliere, wenn du nicht wiederkommst. Dieser ist du, ein Wolf vom Wolfgang.

Die folgenden Wochen und Monate, Herbsttage und Winterabende, die lange dunkle Zeit, als Mangel und Zweifel schon angefangen hatten, ins eigene Land zu schleichen, hat sie mit diesem Wissen ihre Angst bekämpft, hat Ahnungen und Befürchtungen beiseitegeschoben, weil sie für ihre Kinder und vorweg für das in ihrem Bauch genug zu sorgen hatte, hat sich, je mehr ihr Leib sich rundete, in tiefer Verbindung gewusst mit ihrem Mann, meinem Vater.
Gewiss, auch meine Schwestern brauchten sie; auch sie schützten sie, die ohnehin nicht zum Grübeln neigte, vor bohrenden Gedanken. Unmittelbarer aber sprach das Kind zu ihr, das sie in ihrem Leibe trug und wachsen fühlte und von dem sie wollte, dass es ein Wölfchen sein und ihr bleiben muss. So bin ich gern in ihr gewachsen, ein Pfand der Hoffnung, aber auch *ein Kind der Angst*.

In den letzten Monaten des Jahres 42 setzte in der Heimat die Not ein. Die Nahrung wurde rationiert, im Laden gab es nur noch Nötiges zu kaufen. Meine Mutter bekam Angst um mich, wie sie mir später erzählt hat, und stopfte in sich, was immer sie zu essen fand. Es wäre wohl für mich nicht nötig gewesen, aber so bekämpfte sie auch später unangenehme Gedanken. Immer hatte sie mit ihrer Figur zu kämpfen. Sie ging auf und ich mit ihr.

Schwerer und dicker als ihre beiden ersten Kinder beanspruchte ich mehr Raum in ihr als sie. Als ich dann gegen Ende des harten Winters im März 1943 zur Welt kam, habe ich ihr sehr weh getan. Nach langen Mühen, die ihr das Beste abverlangten, hat sie mich mit Schmerzen geboren und brauchte lange, um sich zu erholen.

Später, als ich längst erwachsen war, erfuhr ich auf ganz überraschende und umso eindrücklichere Weise von meiner Geburt; nicht durch meine Mutter, auch nicht von jemandem anders, der es hätte wissen können. Sie hatte mir bis dahin nie davon erzählt, ich hatte nicht gefragt und wusste nichts darüber. Doch hat mein Körper sich das Drama gut gemerkt. Zweimal erlebte ich im Rahmen therapeutischer Ausbildungen in außergewöhnlichen Regressionen meine Geburt nach; zuerst auf einem Workshop in den späten 70er Jahren, danach noch einmal Ende der 80er. Ich wollte meinen mich immer wieder einmal störenden körperlichen Druckgefühlen auf die Spur kommen. Wir spielten es nach. Die Gruppe umstellte mich mit Kissen und Matratzen, ich spürte eine tiefe Angst und Panik. Mit größter Anstrengung und letzten Kräften wand ich mich aus den um mich gepressten Kissen – und fühlte mich, ganz erschöpft zwar, aber neugeboren. Es hat mich sehr bewegt und völlig überrascht.

Ich kam vom Workshop zurück und wollte unbedingt wissen: Wie war das damals mit meiner Geburt? Stimmen meine Gefühle? Als ich die Erfahrung das erste Mal machte, lebte meine Mutter noch. Ich habe sie gefragt, wie war es, als ich ankam? War ich vielleicht eine schwere Geburt?

Sie hat mir dann davon erzählt. Schwer hat sie sich getan, mich herzugeben. Ich war ein bisschen übertragen. Vielleicht

wollte sie mich noch nicht loslassen, noch nicht der Kriegs-
welt ausliefern. Ich habe sie bei meinem Drang nach außen
schlimm zerrissen. Ich weiß, ich wollte hinaus, das spüre ich
bisweilen noch immer in den Beinen, wenn sie sich manchmal nachts noch freizutreten suchen. Beide waren wir der
Erschöpfung nah. Am Ende ist es uns mit vereinten Kräften
gelungen, sie erzählt: nach 12 oder 13 Stunden, ungewöhnlich für ein drittes Kind.
So kam ich zur Welt, ihr erster Sohn, *ein Kind der Schmerzen.*

In die Städte schlugen die ersten Bomben ein. Der Russland-
feldzug ging in die entscheidende Phase. Ende Januar 1943
kapitulierten die aufgeriebenen deutschen Truppen vor Sta-
lingrad. Ich bekam davon nichts mit. Ich wurde gewollt und
erwartet und unter beschwerlichen Umständen willkommen
geheißen. Für mich war es ein großer Anfang.

Aufs Land

Ich bin ein Kriegskind. Als ich im Leben ankam, herrschte Krieg im Land. Was für eine fremde, absurde Angelegenheit nach 70 Jahren! Es fielen Bomben. Es brannten Städte, inzwischen auch im eigenen Land. Der Krieg setzte Zeichen. Es starben Menschen, Zivilisten, Unbeteiligte, Frauen, Kinder. Es fielen Soldaten, Väter, Söhne, Brüder - gottlob, es traf nicht uns. Menschen verschwanden aus der Nachbarschaft, Namen, Läden, die immer dazugehörten, aber es betraf niemanden aus unsrer Nähe. Da gab es Lager neben den Fabriken, belegt von ausländischen Arbeitern und Arbeiterinnen, umzäunt und schwer bewacht, doch wir hatten nichts damit zu tun. Man konnte daran vorbeigehen, musste nicht hinsehen.

Meine Mutter sah nicht hin. Sie folgte in politischen Dingen meinem Vater, der war ein überzeugter Parteigänger. Sie wollte und konnte nicht sehen, was die Nazis anrichteten. Das Grauen fand an andern Orten statt, wurde weggedacht und ausgelagert. Dem eignen Lande stand es noch bevor. Es gab nicht mehr alles zu kaufen, aber die Bevölkerung hungerte noch nicht. Noch konnten die Menschen im Land, so auch meine Eltern und Großeltern, an ein glimpfliches Ende glauben.

In meiner Familie gab es keine Kritiker oder Querdenker, keinen, der sich wegen eines Juden den Mund verbrannt hätte, schon gar keinen, der, und sei es auch nur heimlich, mit so etwas wie Widerstand sympathisiert hätte. Meine Mutter jubelte mit, meine Großeltern hängten die Nazi-Fahne raus und duckten sich weg. „Nur nicht auffallen!" war ihre Devise. Es war der zweite Krieg für sie, vor allem mein Großvater hatte vom ersten genug. „So ist die Welt. Wir können sowieso nichts machen. Da können wir nicht gegen-an" – so habe ich es von meinen Großeltern gehört. Sie beschränkten sich auf ihre private Welt. Und meine Mutter kümmerte sich um ihre Kinder. Das Unheil kam schrittweise näher.

Ich habe davon erst einmal nichts mitbekommen, nichts im Sinne des Erinnerns. Ich denke, nur wenn es punktgenau die eigene Familie trifft, wenn das Unheil unausweichlich wird, erschüttert es die Seele und erreicht dann auch den Säugling. Trotzdem ging es nicht an mir vorbei.
Meine ersten sechs Wochen waren vielleicht die heikelsten meines Lebens. Wir wohnten im hübschen Zweifamilienhaus zur Miete in Witten-Bochum am Rande des Ruhrgebiets, Vorgarten vorn und Nutzgarten hinten. Das Haus gibt es heute nicht mehr. Ich habe es vergeblich gesucht und dann nachgeforscht. Nur auf alten Karten war es noch verzeichnet. Schon in den frühen sechziger Jahren musste es einer neuen Straße weichen.
Unsere friedliche Stadtrand-Idylle bekam bereits mit dem Beginn des alliierten Luftkriegs im August 1942 deutliche Kratzer. Die großen Städte und auch das Ruhrgebiet wurden zu „luftgefährdeten" Gebieten. Immer wieder gab es nach dem Dunkelwerden Fliegeralarm, manchmal mehrmals in der Nacht und schließlich auch immer häufiger am Tage. Dann, so hat sie es erzählt, ließ meine Mutter alles stehen und liegen, schnappte ihre zwei und dann drei Kleinkinder, griff die immer fertig gepackte Tasche, drehte das Gas ab und das Licht aus und stürzte mit uns ein paar Blocks weiter in den nächsten Luftschutzkeller, eh er abgeschlossen wurde und ein dumpfes, den Himmel füllendes Dröhnen die herannahenden Bomber ankündigte.
Und daran habe ich wohl doch eine Erinnerung, meine erste halbbewusste: Der Lärm der aufheulenden Sirenen, die Aufregung, die panische Eile, die keinerlei Verzögerung duldete,

selbst wenn ein Kind auf dem Pott saß: das habe ich in meinem kindlichen Gemüt gespeichert.

Noch viele Jahre nach dem Krieg schrillte mir das Schreien von Sirenen in den Ohren, fuhr mir in die Glieder und blieb in meiner Seele stecken wie Aufruhr. Immer bin ich zusammengezuckt, war innerlich auf dem Sprung, wenn irgendwo Sirenen zum Probealarm aufheulten.

Ich erinnere mich, dass Jahre später, Jahre nach dem Krieg, als längst keine Bomben mehr fielen, da mag ich sechs gewesen sein, in jenem kleinen Dorf bei Göttingen, in dem wir Unterschlupf gefunden hatten und von dem ich noch erzählen werde, ein altes Fachwerkhaus in Brand geraten war. Die Heul-Sirene auf dem Pfarrhaus schrie das Dorf zusammen. Noch immer spüre ich den Schrecken in mir, weiß noch, wie mich dieses panische Gefühl erfasste, wie das ganze Dorf zusammenlief und wie ich mitrannte und dabei, ohne zu wissen, was eigentlich vorgefallen war, meine Angst wegschreiend, zusammen mit den anderen aus Leibeskräften „Feuer! Feuer! Feuer!" brüllte.

Als dann die Luftangriffe der Alliierten weiter zunahmen, wurden alle Familien mit kleinen Kindern im Rahmen der Mutter-Kind-Verschickung aufgefordert, das Ruhrgebiet zu verlassen. Viele versuchten bei Verwandten eine Unterkunft zu finden. Meine Mutter wäre sicher viel lieber in Kassel bei ihren Eltern untergeschlüpft, doch bot die große Stadt vor den immer häufigeren feindlichen Bomberstaffeln ebenso wenig Schutz, und außerdem fehlte in der elterlichen Etagenwohnung auch der Raum für uns vier. So zogen wir, meine Mutter, meine zwei knapp vier- und dreijährigen Schwestern und ich, der sechswöchige Säugling, ich glaube, nicht besonders gern, zu den Eltern meines Vaters, mit denen meine Mutter deutlich weniger Kontakt hielt als zu ihren Eltern. Aber sie wohnten dort, wohin sich kein Bomber verirrte, fern auf dem Lande im Thüringischen, 15 Kilometer Luftlinie bis Gera, in dem Flecken Münchenbernsdorf. Die Bombergeschwader, erzählt meine Schwester, hörte man hier nur in der Ferne vorbeiziehen.

Hier gelang es durch die Vermittlung meines Großvaters, der als Rendant und Forstverwalter in großherzoglichen Diensten den Forst des Ortes betreute, eine Wohnung zu bekommen, und zwar im dortigen Schloss, einem Landgut der alten Adelsfamilie von der Gablenz. Wir zogen ins Kellergeschoss oder Tiefparterre des Hauses. Das war nicht übermäßig komfortabel, schon gar nicht schlossmäßig üppig, aber sicher.

Im Dorf hieß das Gebäude „das Schloss". Es bestand aus einem in grauen Feldsteinen gemauerten, mehrstöckigen, an erhöhter Position mitten im Dorf gebauten Herrscherhaus, wohl vorrangig als Jagdsitz genutzt, mit ein paar Nebengebäuden an der Seite, einem kleinen Park darum und einer Mauer zum Ort hin. Eine breite, geschwungene Treppe führte ins Hochparterre, wo der Schlossherr im „Rittersaal" mit seiner Jagdgesellschaft zu speisen pflegte, wenn er denn zur Jagd zog, was nun schon lange nicht mehr der Fall war. Seidene Tapeten, kostbare Teppiche und Bilder und besondere Möbelstücke füllten die Räume.

Für die Dorfjugend, aber ebenso für meine Schwestern, war „das Schloss" ein zugleich märchenhafter wie unheimlicher Ort. Im Schloss, hieß es, spuke es. Da gab es verbotene Räume, die allen Gespenstergeschichten Nahrung boten. Auf den Gängen standen rostige Ritterrüstungen herum, die, wenn man sie berührte oder wenn ein Windzug hindurchfuhr, gruselig klirrten und schepperten, da gab es ein Zimmer, in dem es, besonders bei stürmischem Wetter, wimmerte und heulte. Durch die Kamine pfiff der Wind, die Dielen und Türen knarzten und ächzten. Die unteren Kellergewölbe, erzählt meine ältere Schwester, die schon vier war, als wir hier ankamen, und die von unserem neuen Heim am meisten mitbekommen hat, waren dunkel und unheimlich. Nur einmal musste sie mit allen Hausbewohnern in die hinteren, von Fledermäusen bevölkerten Räume, als dann doch ein einzelner Bomber in offensichtlich gezieltem Auftrag über dem Ort erschien und, bei strahlend blauem Himmel, die nahegelegene Salzfabrik in Schutt und Asche legte.

Mein Reich war kleiner und überhaupt nicht gespenstisch. Der das Gebäude umgebende Park mit seinen hohen Bäumen, mit den Blumenbeeten und die Wege begrenzenden, duftenden Buchsbaumhecken war für mich, so habe ich es mir erzählen lassen, ein wunderbarer Ort zum Spielen. Hier lernte ich laufen. Hier fand ich meine erste Freundin. Ein frühes Bild zeigt mich, wie wir zwei Blondschöpfe auf den Kieswegen Steinchen sammeln.
Und dann war da Gerda, unsere Perle, die aus dem Ort stammte, deren lebenspraktische Art uns entscheidend half, über diese schlimmen Jahre zu kommen. Sie habe mich besonders ins Herz geschlossen und gern in der Kinderkarre durch den Ort spazieren gefahren. Nicht ganz ohne Neid haben mir meine Schwestern erzählt, Gerda habe mir jeden Tag einen rotbäckigen Apfel mitgebracht. Aus eigener Erinnerung kann ich so viel bestätigen, dass ich zeitlebens ein Freund von rotbäckigen Äpfeln geblieben bin.

Vor allem meine Mutter, die schon während ihrer Schwangerschaft Angst hatte, ob sie in einer Zeit der Mangelernährung das Kind in ihrem Leib gut versorgen könnte und, wie sie erzählte, alles in sich stopfte, was sie zu essen bekam, schob mich, den gut Geratenen und gut Genährten und endlich als Stammhalter Vorzeigbaren, mit Stolz in ihrer weidengeflochtenen Kinderkarre vor sich her. Davon zeugt ein altes Bild. Nun war das Wichtigste getan. Ich glaube, es beseelte sie die Überzeugung, erst ich hätte sie richtig zur Mutter gemacht. Es gibt ein paar Bilder, aufgenommen, als ich vielleicht ein knappes Jahr alt war, auf denen mich, eben aus der Badewanne gehoben und nachtfertig gemacht, meine Mutter, der der Stolz aus den Augen springt, auf dem ins Bild geschobenen Küchentisch mit der Rechten mich haltend und mit der Linken mir wie zufällig das Nachthemdchen hochschiebend, dem Fotografen präsentiert: „Hier sieh! Das isser! Es ist alles dran! Und er ist wohlgenährt!" Wahrscheinlich hat sie meinem Vater die Bilder ins Feld geschickt. Pausbäckig, eingepackt in Babyspeck, gerahmt von reichen dunklen Locken, nahm ich's gelassen. Meine Großmutter, die sonst nichts Orakelhaftes an sich trug, nannte mich gern „unsern Prälaten".

Die Zeit im Schloss, meine ersten knapp drei Lebensjahre, waren eine glückliche Zeit für mich. Es waren vaterlose Jahre. Was die äußerlichen Zerstörungen betraf, zog der Krieg an uns vorbei. Von den äußeren Belastungen und täglichen Beschaffungsproblemen, die meine Mutter zu be
wältigen hatte, bekam ich nichts mit.

Bald nach der Wende habe ich, zusammen mit meiner älteren Schwester, die Stätte meiner ersten Kindheit aufgesucht. Vergeblich suchten wir das Schloss. Wir sprachen mit einigen Dorfbewohnern. Von einem Schloss wussten sie überhaupt nichts. Erst ein älteres Mütterchen half uns weiter.
Das „Schloss" gab es längst nicht mehr. Herrscherhäuser dieser Art passten nicht in den Arbeiter- und Bauernstaat. Es wurde schon in den fünfziger Jahren geschleift, und an seine Stelle baute man einen HO-Laden von seltener Hässlichkeit, der aber bereits selber wieder, als wir in den Ort kamen, verfiel. Er hat nichts Besseres verdient. Den angrenzenden

Park, der, wie ich dann sah, kleiner war, als ich dachte, hatte man kahlgeschlagen. Hier also standen damals hohe alte Bäume, blühende Sträucher und Blumenrabatten, hier und da eine Bank. Auch die Umfassungsmauer wurde weitgehend abgetragen. Zurück blieb ein verwahrlostes Gelände. Vom Idyll meiner ersten drei Lebensjahre war und ist nichts mehr zu finden. Nur eine Mixtur aus schemenhaften Bildern und Erinnerungen und das Wissen um einen glücklichen Ort. Das schmerzhafte Gefühl stieg erst später in mir auf, als wir schon auf der Rückfahrt waren.

Ausgebombt

Dies ist keine leicht zu erzählende Geschichte. Kann ich sie überhaupt erzählen, obwohl ich gar nicht dabei war? Was ich darüber weiß, habe ich nur aus zweiter Hand, aus sehr seltenen, ganz spärlichen Bemerkungen meines Großvaters und meiner Mutter. Aber was die Ereignisse bewirkten, was sie in unserer Familie und in mir anrichteten – das ist aus erster Hand.

Berichte über die Bombennächte und die Zerstörung der deutschen Städte hat es immer schon gegeben; aber sie haben nur wenige Menschen interessiert. Erst in den letzten Jahren entstand ein breiteres Nachfragen nach dem, was damals geschah. Lange wurde darüber nichts erzählt. Nichts kennzeichnet die vielen Jahre nach dem Krieg so sehr wie dies: dass über die Kriegszeit geschwiegen wurde. Es ist typisch für die vom Krieg Beschädigten, dass sie nichts erzählten, und es ist typisch für die Kriegskinder und Kriegsenkel, dass sie nicht gefragt haben und nichts wissen. Man weiß inzwischen, dass das, was *nicht* erzählt wird, oft umso massivere Nachwirkungen hat. Deshalb muss ich davon erzählen.

Das bittere, dramatische Gesicht des Krieges erreichte unsere Familie Ende 1943. Eines Tages standen die Eltern meiner Mutter vor der Tür und brauchten ein Zuhause. In der Kasseler Bombennacht wurde ihr Haus getroffen, in dem sie seit fünfundzwanzig Jahren in einer Etagenwohnung lebten. Es war eine Brandbombe. Es blieb nichts heil. Außer ihrem nackten Leben konnten sie fast nichts retten. Sie standen vor dem Nichts. Sie wurden „ausgebombt", wie man das nannte.

Wie zahllose andere wurden sie Opfer jener unsäglichen Bombenangriffe auf die Zivilbevölkerung 1943 und 1944, mit denen die Nazis in England begannen und die die Alliierten in Deutschland perfektionierten. Aus den Städten in Deutschland wurden Trümmerwüsten. Die Bombergeschwader zerbombten den Menschen nicht nur ihr Zuhause, ihre Städte, ihre Heimat. Sie zerbombten auch ihre Seele.
Am Freitag, dem 22. Oktober 1943, einem schönen Herbsttag, legten die Bomber einen Großteil von Kassel in Schutt und Asche.

Ich habe lange nicht verstanden, was das heißt: „ausgebombt" zu sein. Ich wusste nur: Meine Großeltern haben alles verloren. Vor allem das Klavier. Ich habe mir nie klargemacht, ahne es auch jetzt nur von fern, was das bedeutet und wie es gewesen sein kann, als ihre Wohnung in der Querallee, nahe der Wilhelmshöher Allee, das Zuhause, in dem meine Mutter aufwuchs, getroffen wurde.
Heute erst frage ich mich: Als an jenem schrecklichen Tag die Bombe einschlug: Wie war es da? Wo waren meine Großeltern? Waren sie in den Luftschutzkeller gerannt? Waren sie überhaupt zusammen?
Wie ist das, wenn man im Keller hockt und die Granaten heranheulen hört, wenn die Einschläge dichter werden und näher kommen, wenn ein Geschoss ganz nah heranzischt und jeder in Sekundenbruchteilen spürt: Jetzt werden wir getroffen? Was geschieht, wenn die Mauern beben, wenn sie Risse bekommen und in beißenden Staubwolken zusammenstürzen, wenn sie mit ohrenbetäubendem Getöse alles unter sich begraben, wenn die Decken einbrechen, wenn das Haus zerplatzt und sich jeder retten will? Wie ist das, wenn das Haus, die gesamte Straße, die ganze Stadt Feuer fängt, wenn es sengend heiß wird und man vor Qualm und Hitze nicht atmen kann, wenn der Sog des Feuers die Menschen über die

Straßen fegt, wenn es Steine, glühende Teile und Asche regnet, wenn immer wieder Wände einstürzen und keiner weiß, wo er Schutz finden soll?

Die ganze Stadt ein Flammenmeer: Verletzte, Zerfetzte, Erschlagene, Verbrannte, Tote. Menschen kämpfen und rennen ums nackte Überleben, suchen schreiend ihre Angehörigen, wühlen in den Trümmern nach Verschütteten, haben den Verstand verloren. Und überall brennende Schneisen der Verwüstung – ein Inferno aus Angst, Panik, Geschrei, stummer Trostlosigkeit. Gehen solche Bilder jemals wieder aus der Seele? Es sind Tage, Wochen des nackten Schreckens, menschlicher Verzweiflungen und persönlichen Versagens; und sicher auch hier und da einzelner Heldentaten, die nie erzählt werden.

Nichts blieb übrig von dem Haus, in dem die Großeltern lange lebten und sich wohlgefühlt haben, in dem meine Mutter ihre Kindheit verbrachte. Fast alles verbrannte, fast alles ging verloren. Fast alles Persönliche wurde ausgelöscht. Was man ein Leben lang ansammelte, ist nur noch verkohl-ter Schutt. Wie kann man das verkraften? Keine Erinnerung bleibt unbeschädigt.

Meine Großeltern haben uns wenig, nein, fast nichts davon erzählt, auch meine Mutter hat, soweit ich es erinnere, so gut wie nie darüber geredet. Sie alle wollten vergessen. Aber wie kann man das vergessen? Man *muss*, höre ich sie denken. Sonst wird man verrückt. Man muss weiterleben. Das Äußere wird zum Korsett für das Innere.

Ihre Antworten auf meine späten Fragen haben sie sämtlich mit ins Grab genommen. So viel wollte ich sie jetzt fragen: Warum konntet ihr dem Grauen entkommen? Was passierte um euch herum, mit den Mitbewohnern, den Nachbarn, Freunden, Bekannten? Was musstet ihr mit ansehen? Wer hat euch geholfen, wem habt ihr geholfen? Was blieb ihr euch und anderen schuldig? Wie habt ihr es durchgestanden? Wie unterschiedlich habt ihr das Schreckliche erlebt, wie hat es eure Beziehung beeinträchtigt? Und ich möchte weiter fragen: Wann und wie hast du, meine Mutter, davon erfahren? Was haben deine Eltern *dir* erzählt? Wie hat es dein, euer, unser Leben verändert? Und wo hast du das alles hingetan?

Das alles blieb ungefragt und ungesagt. Ich habe nichts mehr außer Vermutungen. Wie kam es, dass ich früher nicht danach gefragt habe? Als hätten wir allesamt nicht nur ein stillschweigendes, umfassendes Redeverbot eingehalten, sondern als wären wir auch einem vollständigen Denk- und Fühl-Tabu unterworfen gewesen. Ich kann nur ahnen, wie sehr meine Großeltern und Eltern durch die Kriegsereignisse an ihre Grenzen kamen. Ich denke, je schlimmer die Ereignisse, desto weniger wurde darüber erzählt. Gerade im Schweigen, Nicht-Fragen und Nicht-Reden beben sie noch in mir nach.

Ich habe lange gebraucht, um genügend Mut und Nachdruck, aber auch genügend Abstand zu gewinnen, überhaupt genauer hinzuschauen. Mein Leben lang hatte ich nur indirekt, nur über Umwege eine gefühlte Ahnung von dem für alle Unsagbaren.

Mein kindlicher Zugang zum Schrecklichen war das Klavier. Ausgebombt sein, das hieß für mich meine Kindheit hindurch, dass das Klavier ausgebombt war. Es war immer mein Traum, Klavierspielen zu können. Wir hatten kein Klavier, und wir hatten nach dem Krieg auch weder das Geld noch die räumlichen Möglichkeiten, uns eins anzuschaffen. Das lag alles völlig außer Reichweite. Ich wusste nur: Unser Klavier wurde in Kassel ausgebombt. Mein Traum wurde auch ausgebombt. Ich habe nie Klavierspielen gelernt.

Auch wenn meine Großeltern nicht nach außen dringen ließen, in welchem Maße die Ereignisse der Bombennacht sie erschüttert hatten, auch wenn sie, uns und sich selbst schützend, die Erinnerungen mit sich selbst ausmachten, hatten sie doch starke Wirkungen.

Ich denke, dass mein Großvater besser mit der Situation fertig wurde. Er nutzte alle seine Kraft, um die Familie durchzubringen, besonders nach dem Krieg. Er ersetzte, so gut er konnte, meinen abwesenden Vater. Viele Jahre hat er unsere Familie finanziell unterstützt. Ohne ihn wäre es nicht gegangen. Er hatte immer einen praktischen Sinn und ein Gespür für das Nächstliegende. Und er fühlte, dass er gebraucht wurde. Diese Bereitschaft, sich auf die Bedürfnisse anderer einzulassen, diese aktive Helferseite meines Großvaters half ihm selbst zu überleben. Noch lange war er für die Familie da und starb hochbetagt.

Meine Großmutter verkraftete das Unheil nicht. Sie hat sich von der Katastrophe nicht erholt. Sie wurde kränklich, schließlich bettlägerig und mäkelig. Mein Großvater hat sie aufopferungsvoll gepflegt. Ich mochte sie nicht besonders. Ich fand, sie kommandierte ihn herum, und schlug mich innerlich auf seine Seite. Aber sie muss eine wunderbare Frau gewesen sein, eine Frau mit Wissen und Stil. Und hübsch war sie auch, folge ich alten Bildern. Als eine der ersten Frauen, die einen eigenen wissenschaftlichen Beruf gelernt hatten, arbeitete sie bis zu ihrer Heirat als chemisch-technische Assistentin an der Uni in Göttingen.

Ich denke, die Bombe hat ihr das Rückgrat gebrochen. Ihre Welt war unwiederbringlich zusammengestürzt, heillos geworden, ausradiert, weggebombt. Sie hat sich nicht mehr erholt und starb, noch nicht 70jährig, Mitte der 50er Jahre.

Familiäre Konflikte

Meine Großeltern, die Eltern meiner Mutter, erfuhren die Gnade und überlebten. Sie brauchten eine Bleibe. Was lag näher, als sich an ihr Kind, ihr einziges, zu halten? Sie folgten ihrer Tochter nach Münchenbernsdorf, wo wir bereits Unterschlupf gefunden hatten und auch die anderen Großeltern wohnten. Weil es erst einmal keinen anderen Wohnraum gab, zogen sie zu uns in unsere Kellerwohnung und traten in unser Leben. Wir rückten zusammen. Es wurde enger. Von nun an kann ich sie, besonders meinen Großvater, nicht mehr aus meinem Leben wegdenken.

Meiner Mutter war das selbstverständlich, ja, es war ihr mehr als lieb, es war für sie geradezu ein Geschenk des Himmels. Sie brauchte ihre Eltern. Und auch für uns Kinder begann eine wunderbare Zeit. Denn die mütterlichen Großeltern, die wir liebevoll Ati und Oti nannten, Bezeichnungen, die das kindliche Sprechvermögen aus Großv-ati und Großm-utti geschaffen hatte, waren für uns immer die richtigen, die eigentlichen Großeltern.

Insbesondere mein Großvater war, und zwar solange er lebte, der ruhende Pol der Familie, der Fluchtpunkt für alle, ein sicherer Ort. Ati war immer für jeden da. Ati half immer aus. Ati war immer ansprechbar. Ati nahm uns auf den Schoß oder an die Hand und zeigte uns die Welt.

Um die folgende Geschichte zu erzählen, muss ich ein wenig ausholen. Erst später habe ich begriffen, in welchem Maße nicht nur unsere äußeren Lebensumstände, sondern zugleich unsere innerfamiliären Zwistigkeiten, die in den Erzählungen weggelassen wurden und die sich mir nur indirekt erschlossen, mein und unser Leben nachhaltig verändert haben. Ohne sie wäre ich vielleicht in der DDR aufgewachsen.

Dass nun neben den Eltern meines Vaters auch die meiner Mutter am Ort wohnten, war nichts Besonderes. Viele Familien mussten in den Kriegs- und Nachkriegsjahren zusammenzurücken. Das verlief aber durchaus nicht immer konfliktfrei. Fast immer sammeln sich irgendwelche Ärgernisse an. So auch bei uns. Was unsere Familie betrifft, habe ich davon nichts mitbekommen, es erreichte mich erst später.

Das Verhältnis meiner Mutter zu ihren Schwiegereltern muss wohl von Anfang an nicht von übermäßiger Harmonie durchtränkt gewesen sein. Ich glaube sogar, dass sich meine Mutter schon vorher, eh sie durch die Verhältnisse genötigt in Münchenbernsdorf unterkam, mit ihnen etwas schwer tat und dass es ihr an der inneren Achtung ihnen gegenüber mangelte. Gesellschaftlich gesehen besaßen die Familien meiner Mutter und meines Vaters nicht das gleiche Niveau.

Der studierte Ati, der als Studienrat am renommierten Mädchengymnasium in Kassel unterrichtet hatte, und die aus gutbürgerlichen Kreisen stammende Oti, an Stil gewöhnt, passten nur schwer zu den einfachen Eltern meines Vaters. Die haben sich wohl von Anfang an unterlegen gefühlt und spürten die Distanz. Seit ihre Eltern bei ihr wohnten, vertiefte sich der unausgesprochene Graben zwischen den Elternpaaren und besonders zwischen meiner Mutter und ihren Schwiegereltern. Das schlug auch auf uns Kinder durch. Die „anderen Großeltern", die Eltern meines Vaters, bekamen von uns Kindern keine Kosenamen, hießen nur neutral Opa und Oma.

Wenn es um Konflikte ging, kam meine Mutter schnell an ihre Grenzen; eher wie ein Blatt im Wind, bald hier-, bald dorthin geweht, folgte sie mal diesem, mal jenem, ohne Konstanz und Verlass. Jetzt, wo ihr der Mann an ihrer Seite fehlte, war es gut für sie, ihre Eltern wieder in der Nähe zu haben. Je mehr sie sich überfordert fühlte, desto mehr hielt sie sich an sie.

In diesen Jahren hat sie sich oft überfordert gefühlt. Haben wir genug zu essen? Wo kommen wir unter? Haben wir genug anzuziehen? Diese elementaren Fragen prägten die letzten Kriegs- und ersten Nachkriegsjahre und forderten fast allen Menschen viel ab. Aber das bedeutet nicht, dass es nicht auch die kleinen, täglichen Spannungen und Auseinandersetzungen gegeben hätte. Nur manchmal fressen die großen Probleme die kleinen auf; meist erschweren sie das Zusammenleben zusätzlich, machen bitter und manchmal auch gehässig. Soweit die Vorgeschichte.

Meine ältere Schwester hat mir die folgende Geschichte erzählt, die ahnen lässt, wie belastet, ja untragbar das Verhältnis zu den Schwiegereltern geworden war. Es fiel mir lange schwer, sie zu glauben.

Im Frühjahr 45 eroberten die „Amis" Thüringen. In der Gefühlswelt meiner Mutter (und auch meines Vaters) waren sie noch lange danach unsere „Feinde". Meine Schwester erzählt, wie sie vom Schloss aus, das zentral auf einer kleinen Anhöhe lag, durchs Küchenfenster beobachten konnte, wie die amerikanischen Soldaten von der Hauptstraße kommend ins Dorf einzogen und dann ihr Quartier in der Lagerhalle eines örtlichen Wirtschaftsunternehmens auf-schlugen. Das war nur ein paar Straßen weit von uns entfernt, und natürlich zog es alle neugierigen Kinder, auch meine Schwestern, öfter dorthin. Gerüchteweise galten die Amerikaner als kinderfreundlich, gleichwohl waren sie doch unsere Kriegsgegner und es war uns strikt verboten, zu ihnen zu laufen.

Eines Tages habe ich mich, zweijährig, lockenköpfig, ohne Angst und ohne jede antiamerikanischen Vorbehalte, selbstbewusst und in unbegrenzter Entdeckerfreude, die jedem sofort das Herz öffnet, zu ihnen aufgemacht – ganz allein. Vielleicht wollte ich auch mal etwas von der sagenhaften Schokolade abbekommen, die die Soldaten an die Kinder verteilten, von der alle sprachen und mit der sich die Amerikaner besonders bei Kindern beliebt machten.

Mag sein, dass meine Mutter schon nach mir suchte, mag sein, dass sie mein Fehlen noch gar nicht bemerkt hatte – jedenfalls, so geht die Geschichte, kam mein Großvater, ihr Schwiegervater, bei uns vorbei und vermeldete ihr, vielleicht mit dem Unterton „So passt du also auf deine Kinder auf!", er habe mich bei den Amerikanern gesehen. Aber zum Entsetzen meiner Mutter hatte Opa mich nicht mit nach Hause gebracht – vielleicht, um meiner Mutter eine Lehrstunde zu erteilen, vielleicht auch, weil er des Englischen nicht mächtig war, vielleicht beides. Jedenfalls war meine Mutter völlig aus dem Häuschen. Sie nahm es ihrem Schwiegervater in der Seele übel.

Die Geschichte war damit aber noch nicht zu Ende. Kurz danach erschienen, von unserm Opa zu uns geführt, zwei amerikanische Soldaten, gegenüber der deutschen Bevölkerung mit allem Recht der Sieger und aller militärischen Durchsetzungskraft ausgestattet, mit gezückter Pistole in unserer Kellerwohnung, befragten meine Mutter eingehend nach meinem Vater und taten dann ihre Absicht kund, ihr, die, nach Meinung der Soldaten, offenbar ihrer mütterlichen Aufsichtspflicht nicht genügend nachkam, die Kinder wegnehmen zu wollen und in die USA zu verschicken. Dort würden sie gut betreut, auch vor dem Hungertod bewahrt, und sie bekämen eine sichere Zukunft. Die drohend vorgehaltene Waffe gab ihren Worten allen Nachdruck.

Geht es um ihre Kinder, wächst Eltern angeblich Löwenmut, doch war meine Mutter wohl zunächst völlig gelähmt. Dagegen, so erzählt es meine Schwester, die das alles offenen

Mundes mitbekam, habe unser Großvater Ati alle erlernten Englischkenntnisse zusammenkratzend mit größtem Einsatz die Amerikaner schließlich von ihrem Plan abzubringen vermocht. Sie würden die Sache überprüfen. Eine zitternde Familie blieb zurück. Meine Mutter rechnete jeden Augenblick mit einer Festnahme, Wohnungsdurchsuchung oder –ausweisung. Sie verbrannte in aller Eile die nationalsozialistischen Bücher und Schriften aus den Kommoden, beseitigte von den in den Schränken hängenden Uniformen meines Vaters die Dienstgradabzeichen und war auf das Schlimmste gefasst. Aber es passierte nichts.

Welche Rolle mein Opa bei alledem spielte, bleibt unklar. Wahrscheinlich war er von den Amerikanern nur zur Wegfindung vergattert worden. Meine Mutter und mit ihr wohl auch ihre Eltern verstanden sein Verhalten, so diktierte es ihnen der ausgestandene panische Schrecken, als Beihilfe zum Verkaufen ihrer Kinder – eine verrückte Idee, denn wir waren ja auch die Enkel der Schwiegereltern. Aber hier regierte nicht mehr der Verstand. Ein abgrundtiefes Misstrauen machte sich zwischen ihnen breit. Ihr Verhältnis war zerrüttet. Es war klar: Hier hielt meine Mutter nichts mehr.

Die Flucht

Auch die folgende Geschichte, obwohl ich dabei war, kann ich nur unter Rückgriff auf das erzählen, was mir von meinen Großeltern, meiner Mutter und meinen Schwestern weitergetragen wurde. Sie haben mir vor allem die harmlosen, gut ausgegangenen und spaßigen Details erzählt. Ob noch mehr und Schlimmeres geschehen ist – ich weiß es nicht. Andere erzählen von grausigen Fluchterlebnissen. Wie auch immer: Unsere Flucht hatte nachhaltige Wirkungen auf mich und unsere Familie.

Der Krieg zog sich hin, wurde für jeden Einzelnen zum Durchhaltekrieg, zum Überlebenskrieg. Lange Zeit kam unsere Familie einigermaßen über die Runden. Aber die Lage verschlechterte sich. Es kamen Zeiten des Kampfes um das Einfache und Vordergründige, um Essen und Trinken für heute und morgen, warme Kleidung, die Kinder versorgen, auf der Hut sein.
Begabt mit einem gewissen Sinn für das Praktische, einer auf das Nächstliegende bezogenen Unkompliziertheit, hat meine Mutter, einschließlich der dazu notwendigen Überzeugungsmittel, wie sie nur einer jungen Frau zur Verfügung stehen, das für unser Leben Allernötigste zusammengebracht. Immer wieder versuchte sie irgendwo etwas Essbares aufzutreiben, meine Schwester nannte das „Hamstergänge". Meine Mutter nahm sie, die Älteste, als Beschützerin mit, um Schlimmes zu verhüten. Das waren manchmal Angstpartien für sie und Lehrstunden für meine Schwester. Junge Frauen ohne Mann, die angewiesen waren auf das, was andere ihnen zu kaufen oder zu tauschen gaben, mussten immer damit rechnen, Opfer eines Übergriffs zu werden.

So schlug sich meine Mutter im spannungsreichen Nebeneinander mit ihren Schwiegereltern durch und versorgte ihre drei Kinder, so gut es ging. Das Leben war schwierig, es forderte Fähigkeiten von ihr, die man sie nicht lehrte. Sie versuchte es zu bewältigen, mit besonderer Unterstützung ihres Vaters und der Findigkeit unserer Haushaltshilfe Gerda, die uns, wo und wie sie konnte, half. Gerda haben wir viel zu verdanken.

In Münchenbernsdorf, diesem Dorf südwestlich von Gera, haben wir gut zweieinhalb Jahre verbracht, am Anfang vielleicht ein paar gute, danach eher schlechte Tage. Hier hat meine Mutter lange und fest an den Endsieg geglaubt, auf Feldpost gewartet, vor allem gehofft, dass ihr Mann unverwundet, nein: überhaupt zurückkäme, hat dem Volksempfänger gelauscht, aber keine Feindsender abgehört. Politische Diskussionen, Hintergründe und Zusammenhänge waren nicht ihr Revier. Sie glaubte ihrem Mann und dem, was alle glaubten, und was nicht passte, konnte sie ohne Widerspruch übersehen. Ihre Stärke war die momentane Emotion, nicht distanzierter Verstand.

Dann kam im April 45 der Einmarsch der amerikanischen Truppen in Thüringen und Anfang Mai 45 der endgültige Zusammenbruch des sogenannten Tausendjährigen Reichs. Die Sicherheits- und Versorgungslage der Bevölkerung verschlechterte sich rapide. Es kam zu Plünderungen und Übergriffen. Jeder nahm sich, was er kriegen konnte. Mit der Kapitulation brachen auch die Gehaltszahlungen für meinen Vater ab. Die finanzielle Situation wurde für uns prekär.
Nicht nur wegen dieser äußeren Lage, die aber nirgendwo in Deutschland viel besser war, sondern auch aus ganz persönlichen Gründen, von denen ich erzählt habe, fasste meine Mutter zusammen mit ihren Eltern schon früh den Plan zur

Flucht in den Westen. Das Zusammenwohnen mit den Schwiegereltern war für sie unerträglich geworden und konnte keine Dauerlösung sein.

Am liebsten wäre sie nach Witten zurückgezogen, aber die ehemalige Wohnung war inzwischen belegt. Wohin also? Wieder sprang mein Großvater ein. Seine Familie stammte aus einem kleinen Dorf in Südniedersachsen nahe Göttingen. Es blieb, wie übrigens weitgehend die Universitätsstadt Göttingen, von den alliierten Bombenabwürfen verschont. Das wurde unser Fluchtziel.

Im Ort lebten drei Geschwister meines Großvaters, die unverheiratet geblieben waren und sich dort ein kleines Haus gebaut hatten, in dem sie gemeinsam wohnten. Sie waren bereit zusammenzurücken und Platz zu schaffen für ihren Bruder und seine Frau. Jedenfalls gilt das für die beiden Schwestern, die uns sehr zugetan waren; der Bruder knurrte nur und zog sich in sein Zimmer zurück. Wir nannten ihn immer den Kinderschreck.

Zur Verwandtschaft gehörten außerdem zwei Höfe, die von Neffen meines Großvaters betrieben wurden. Bei einem von ihnen hofften wir, das heißt meine Mutter und wir drei Kleinkinder, auf Unterkunft.

Dass uns unsere Verwandten bei sich aufnehmen würden, war zwar nicht selbstverständlich, aber es lag nahe. Je stärker die Flüchtlingsströme aus dem Osten anwuchsen, desto mehr mussten sich die Menschen in den Westzonen, sofern sie noch eine Wohnung besaßen, einschränken und bekamen Flüchtlinge zugewiesen. Das betraf insbesondere die Bauern in den meist unbeschädigten Dörfern. Jedes nur mögliche Zimmer wurde mit der Zeit rekrutiert. Nicht alle machten gern Platz.

Die Amerikaner blieben, wie schon ein Jahr zuvor ausgehandelt, aber für die Bevölkerung überraschend, nur knapp drei Monate in Thüringen und übergaben das Land Anfang Juli 1945 an die Russen. Die russischen Truppen rückten unmittelbar nach. Trotzdem kam es zu Übergriffen, Plünderungen, Diebstählen, Vergewaltigungen. Russenangst ging um. Die Gerüchteküche brodelte. Wer immer konnte, packte seine Sachen und versuchte sich in die westlichen Besatzungszonen über die noch durchlässige Grenze abzusetzen. Endlose Flüchtlingstrecks, eine steigende Zahl von Kriegsflüchtlingen aus Schlesien und dem Sudetenland, auch befreite Zwangsarbeiter und KZ-Häftlinge begannen in ost-westlicher Richtung über die Straßen Thüringens zu marschieren.

Wer türmen wollte, hatte jetzt keine Zeit mehr zu verlieren. Täglich kursierten neue Schreckensnachrichten über irgendwelche Gräueltaten der Russen. Meine Mutter hätte Münchenbernsdorf lieber heute als morgen verlassen, aber sie wollte auf keinen Fall die seinerzeit aus Witten mitgenommenen Möbel zurücklassen und suchte händeringend nach einer Transportmöglichkeit. Das zerschlug sich. Möbeltransporte wurden verboten. Schließlich stellte sie die Möbel vorübergehend bei unserer Haushaltshilfe Gerda unter. Sie sah sie nicht wieder.

Jetzt blieb nur die Hoffnung, einen Zug zu finden, der uns möglichst bis zur Grenze brächte, und sich dann vielleicht weiter zu Fuß bis Göttingen durchzuschlagen. Züge fuhren allerdings nur völlig unregelmäßig. Man musste sich ohne Gewähr anmelden und auf gepackten Koffern sitzen, um vielleicht mitzukommen. In höchster Eile trafen meine Mutter und ihre Eltern ihre Vorbereitungen. Vom Dorfschmied hatten sie sich einen zweirädrigen eisernen Handkarren anfertigen lassen. Dieser Karren hat gut durchgehalten, und ich habe ihn, als ich größer wurde, noch oft gezogen. Er hatte eine Ladefläche von etwa 1x1 m mit einer halbhohen Umfassung und davor eine gebogene Deichsel mit zwei eisernen Griffen daran, die waren, besonders im Winter, kalt. Auf diesen Karren packten meine Mutter und meine Großeltern ihre Koffer, die wertvollsten, allernötigsten Habseligkeiten, was eben auf die kleine Lade passte und noch zu schleppen war. Es wurde ein hoher, fest verschnür-ter Turm.

Was nimmt man mit? Das Geld. Den Schmuck. Das Silberbesteck. Die Dokumentenschatulle und die Fotoalben. Was einem das bisschen Persönlichkeit und Individualität bewahren hilft. Kein Möbelstück. Kein Bild. Nicht das schöne Service. Nur wenige Haushaltsgegenstände für den täglichen Gebrauch. Außerdem Kleidung, warme Sachen, Schlafsachen, Decken für die Kinder und Erwachsenen. Schutz gegen den Regen. Etwas zu essen. Was man zum Überleben braucht.

Die Folgezeit war zermürbend. So wurde es mir erzählt: Wochenlang warteten wir darauf, dass die Gelegenheit für einen Transport käme. Wir schliefen nur noch auf Notbetten. Es ging auf den Winter zu. Am frühen Morgen des 2. Dezember 1945 kam der Abruf. Mit vielen anderen marschierten wir, meine Großeltern, meine Mutter, meine beiden Schwestern und ich, den Handkarren mitziehend, zunächst zu Fuß ins etwa 12 km entfernte Weida; dort drängelte und stopfte sich, wer konnte, mit Sack und Pack in die bereitstehenden fensterlosen, zugigen und stickigen Waggons. Schließlich rollte der Zug tatsächlich im Schneckentempo Richtung Westen. Lange vor der Zonengrenze wurde er wieder geräumt. Von jetzt an ging es nur noch zu Fuß weiter, mehrere Tagesmärsche bis zur Grenze.
Ein früher Winter bedeckte mit Schneeschlamm die Straßen, eisiger Wind fuhr durch die Kleider. Wieder wurde der Karren bepackt und verschnürt, wieder reihten wir uns in den

Menschentross ein. Die Karawane der Schwerbepackten schlich Kilometer um Kilometer durch die schneenasse Winterkälte voran. Von den Einzelheiten weiß ich nur aus Erzählungen.

Mein Großvater, 62jährig, ging an der Deichsel; meine Mutter hatte mal mich, mal die Schwestern an der Hand, und manchmal zog sie auch vorne mit. Meist tippelten meine Schwestern, sechs- und fünfjährig, tapfer nebenher. Die Kinderkarre für mich, den Zweieinhalbjährigen, hatten wir zurückgelassen. Sie hätte uns auf Dauer mehr behindert als genützt. Stattdessen nahm mich meine Großmutter an die Hand, die aber gezeichnet war von den Strapazen der vergangenen Wochen und Jahre und am Rande ihrer Kräfte. Bisweilen trug mich meine Mutter eine Strecke. Und manchmal, so erzählte man mir, wurde ich oben auf den Karren gesetzt, das soll mir gefallen haben.

Von dem Treck habe ich nicht viel Gutes gehört. Jeder in dem langen Zug zur Grenze hatte auf seine Weise mit sich zu tun. Hier marschierte alles andere als eine verschworene Gemeinschaft. Vielmehr sah jeder zu, wie er zurechtkam. Nicht selten kam es zu Konflikten, Übergriffen, Diebstählen. Manchmal half man sich, und andere nutzten die Lage gewissenlos aus. Beides sollten wir noch zu spüren bekommen.

Das Wetter, die Kälte, der Schneematsch, die körperliche Anstrengung, die unsichere Lage, die angeschlagene Großmutter, die Kinder, die nicht mehr konnten, und nicht zuletzt die vielen offenen Fragen, wie es weitergehen würde, das mischte sich, bei jedem unterschiedlich, zu dem einen Wort: weiter! Du darfst nicht schlappmachen! Es ging berg-auf, bergab, der überladene Karren forderte meinem Groß-vater und meiner Mutter das Letzte ab. Immer wieder brauchten wir Pausen.

Dann fand sich ein junger Mann, der uns ziehen half, ein Kriegsversehrter, der nur noch einen Arm besaß, der suchte Anschluss, vielleicht, weil er Gefallen an meiner Mutter fand oder jemanden zum Reden brauchte oder weil er unerkannt über die Grenze musste, wer weiß warum. Meine Mutter hatte ein paar Würste für uns organisiert und mitgenommen, die taten jetzt auf ungeplante Weise ihre Dienste. Sie steckte sie dem jungen Mann zu, dafür zog er mit dem heilen Arm den Karren mit, so ging es voran.

Nachts fanden wir nur schwer Quartiere; meist schliefen wir wie viele andere bei Bauern in irgendeiner Scheune, natürlich nicht umsonst, unsere Siebensachen dicht neben uns. Es half meiner Großmutter nichts, dass sie ihre Handtasche mit dem wenigen geretteten Silberbesteck darin beim Einschlafen fest an sich drückte; als sie am Morgen erwachte, war beides fort. Sie konnte es nicht fassen. Der Krieg hat viele Halunken reich gemacht und viele Einfältige arm. Es war für sie kein Trost, dass, wer weniger zu tragen und festzuhalten hat, leichter marschiert. Was sonst noch passierte: Ich weiß es nicht. Man hat es mir nicht erzählt.

Meine Großmutter wurde immer mehr zum Hemmschuh. Sie hatte zunehmende Schwierigkeiten zu folgen und blieb von Mal zu Mal zurück. Immer wieder mussten alle auf sie warten. Sie konnte einfach nicht mehr. So ging es nicht weiter. Schließlich gelang es, einen Bauern, der in seinem Fuhrwerk an uns vorbeifuhr, natürlich gegen unverschämt viel Geld, dazu zu bewegen, sie und mich, die schwächsten Glieder der Gruppe, Richtung Grenze mitzunehmen.

Das war eine schwere Entscheidung. Unsere Familie trennte sich auf. Meine Großmutter sollte mit mir an der Grenze auf den Rest der Familie warten. Allen war bewusst, dass bis dahin viel passieren konnte. Wir hatten keine Wahl. Von da an hatten wir keinen Kontakt mehr zueinander.

Mühsam schob sich die Menschenschlange voran. Ich weiß nicht, wie lange das so ging. Aber am Ende kam der Tross an. Den Posten bei Eichenberg erreichten meine Mutter, meine Schwestern und unser Großvater offenbar auf den letzten Drücker, bevor die Russen die Grenze in den nächsten Tagen weitgehend dicht machten. Auch jetzt schon stand vielen Ankommenden ein weiteres Desaster bevor. Sie wurden von den russischen Grenzern gefilzt und geplündert und besonders um ihre versteckten Habseligkeiten gebracht. Nicht so unsere Familie. Uns war der Zufall hold. Man ließ die Frau mit den zwei blonden Kleinkindern und dem alten Mann an der Deichsel, vermutlich, weil gerade ein kinderlieber Soldat Dienst schob, unbehelligt passieren.

Diesseits und jenseits der Grenze herrschte ein unglaubliches Durcheinander. Immerhin, auf der britischen Seite bemühte man sich, es zu regeln: die Ankommenden wurden registriert, anschließend entlaust und in die Waschbaracke beordert. Dann weitergeschickt. Das geplante Reiseziel meiner Mutter und meines Großvaters wurde akzeptiert, und nun hätte es weitergehen können Richtung Göttingen.

Aber wo waren meine Großmutter und ich, die hier warten sollten? Von uns gab es keine Spur. Niemand wusste etwas. „Habt ihr eine alte Frau mit einem kleinen Jungen gesehen?" Nichts. Es war eine Katastrophe, die schlimmste aller Möglichkeiten. Alles Herumsuchen und Nachfragen blieb erfolglos. Tausend innere Vorwürfe legten sich auf meinen Großvater und meine Mutter. Am Ende blieb ihnen nichts anderes übrig, als sich weiter Richtung Göttingen auf den Weg zu machen.

Unerträgliche Ungewissheit, Angst und ein Fünkchen Hoffnung marschierten weiter mit und vermehrten die Strapazen. Ausgepumpt, gezeichnet, kam die Familie am Ende an. Und die unglaubliche Überraschung: Die Vermissten liefen den Ankommenden entgegen. Es ging wie ein Wunder aus.

Bei den Verwandten traf die ganze Familie wieder zusammen. Was für eine Erleichterung! Was für ein Glück! Und meine Großmutter erzählte, dass sie und ich von einem freundlichen Bierkutscher mitgenommen worden waren. Oben auf dem Bock war ich in die neue Heimat eingefahren.

Schlimme Wochen lagen hinter unserer Familie. Schwierige Jahre standen uns noch bevor. Und trotzdem konnten wir glücklich und dankbar sein. Uns hatte, schien mir später, nur eine weniger schreckliche Variante der Flucht getroffen. Vielleicht ist das nur meine, des Kleinsten, Perspektive, der am wenigsten mitbekam. Auf den ersten Blick ging es gut aus. Alle kamen wir heil an, wenn auch bestohlen. Aber keiner von uns ging verloren. Niemand wurde ernsthaft beschädigt, niemand, jedenfalls soweit ich weiß, misshandelt, niemand missbraucht oder geschändet – obwohl das alles hätte passieren können.

Der Abschied aus Münchenbernsdorf, von dem wunderbaren Schloss und seinem Park, und besonders von Gerda, unserer Haushaltshilfe, war für uns Kinder sehr schmerzlich; der von Opa und Oma nicht. Er beendete einen unerträglichen Zustand. Sie blieben zurück in ihrer Heimat Thüringen und damit in der sich bildenden DDR. Meine Mutter hat ihren Schwiegervater niemals wiedergesehen, ihre Schwiegermutter nur zur Beerdigung des Schwiegervaters 1964. Daran hinderte sie nicht nur die Grenze, die der beginnende kalte Krieg quer durch das Land schnitt und immer unpassierbarer machte. Es war vielmehr die Grenze zwischen ihnen. Sie haben sich nie versöhnt. Der Kontakt brach vollkommen ab. Es gab keinen Briefwechsel. Niemals haben wir Kinder unsern Großeltern geschrieben, auch nicht zu Anlässen. Und niemals bekamen wir einen Brief von ihnen.

Mein Vater ist später einmal in die DDR gefahren und hat seine Eltern besucht. Das war 1955, nachdem er sich vom lange zusammengesparten Geld „den Frosch", den kleinsten, grasgrün gespritzten Renault-PKW, gekauft hatte. Er nahm meine ältere Schwester, mich und meinen kleinen Bruder mit. Die Konflikte ließ er zuhause: Meine Mutter fuhr nicht mit. Und auch die jüngere Schwester nicht, weil es mit der älteren unentwegt Streit gab.

Meine Großeltern Opa und Oma waren mir inzwischen völlig fremd. Es blieb das einzige Mal, dass sie noch in mein Blickfeld traten. Mittlerweile wohnten sie bei einer Tochter in Kühlungsborn an der Ostsee in einer schlichten Behausung. Ihre äußerst knappe Rente reichte nur zum Überleben.

Nun waren wir also im Westen gelandet. Von jetzt an wurde ein Dörfchen bei Göttingen meine Heimat. Hier verbrachte ich meine Kindheit. Alle meine Kindheitserinnerungen knüpfen sich an diesen Ort mit seinen knapp 600 Einwohnern. Wir kamen als „Flüchtlinge", und blieben es auch alle Jahre, obgleich wir durch unsern Großvater enge Verwandte im Ort besaßen. Die Flucht machte uns zu Flüchtlingen. Das war ein Etikett, das wir nicht mehr verloren. Wenn man Flüchtling ist, gehört man nicht wirklich ins Dorf. Doch es gab noch einen anderen Grund, warum wir nicht wirklich ankamen. Aber das ist eine neue Geschichte.

Unsere Wohnverhältnisse

Jetzt muss ich von unseren Wohnverhältnissen erzählen, denn sie haben in hohem Maße unser Leben in den folgenden Jahren geprägt.

Wir fanden Aufnahme bei Onkel Georg und Tante Minna, die einen eher kleineren Hof betrieben, einen von jenen, die in den siebziger Jahren unrentabel wurden und aufgegeben werden mussten. Knapp hundert Morgen mittelgutes Land gehörte dazu, das meiste nahebei gelegen, im Stall standen zwei Ackergäule, sechs Kühe, in guten Jahren ein Dutzend Schweine, außerdem bevölkerten, wie das im Dorf üblich war (neben zahllosen Katzen), Hühner, Gänse und Enten den Hof. Damals reichte das noch zum Auskommen.

Außerdem führten sie eine Wirtschaft. In der trafen sich abends die Männer zum Biertrinken. Sie besaß einen Schankraum mit Stammtisch und einigen weiteren Tischgruppen, davor eine aus Holz gebaute offene Veranda für die Sommerzeit, und, neben zwei im ersten Stock bereitgehaltenen schlichten Fremdenzimmern, nach hinten hinaus noch einen großen Tanzsaal. In dem fanden die großen jährlichen Dorffeste statt, Kirmes, Schützenfest und Feuerwehrfest, und manchmal auch eine Hochzeit. Auf „unserm" Hof war also immer mal wieder was los.

Onkel Georg war der Neffe meines Großvaters, ein gutmütiger und verträglicher Mensch, manchmal auch ein Schlitzohr, und wenn's hart auf hart kam, ein niedersächsischer Dickschädel. Aber mit Onkel Georg konnte man ganz gut auskommen. Er mochte Kinder. Wäre nur seine Frau Minna nicht gewesen, die trug Haare auf den Zähnen. Sie hielt alles zusammen und sah mich immer so an, als wäre ich gerade auf Eierklau-Tour im Hühnerstall. Ich machte möglichst einen Bogen um sie.

Unsere Großeltern Ati und Oti zogen ins Nachbarhaus zu ihren Geschwistern in die Dachkammer. Das Haus lag nur eine Obstwiese weiter gleich neben unserem. Fortan wohnten die vier allesamt betagten Geschwister samt meiner Großmutter unter einem Dach: außer den Großeltern der griesgrämige Onkel Karl, Postrat im Ruhestand, mit seinem ausufernden, bedrohlichem Schnauzbart, dann die von uns besonders geliebte Tante Henny, die sich freute, wenn wir sie besuchen kamen und die uns fast immer irgendein Obst zusteckte, sowie die wuselige Tante Auguste, die wunderbaren Kochkäse herstellen konnte. Die beiden Schwestern starben leider bald nach dem Krieg kurz hintereinander.

Onkel Georg und Tante Minna hatten uns im ersten Stock ihres durchaus geräumigen Bauernhauses zwei nicht besonders geräumige Kammern zur Verfügung gestellt. Auf mehr hatte unsere zunächst vierköpfige Rumpf-Familie wohl auch keinen Anspruch. Wir waren froh, überhaupt irgendwo unterzukommen und ganz und gar nicht in der Position, Forderungen zu stellen. Auch unsere Keller- oder Tief-Parterrewohnung im Schloss in Münchenbernsdorf hatte zu wünschen übrig gelassen, aber immerhin konnte meine Mutter dort ihre Möbel aufstellen. Jetzt erfuhren wir, dass es noch deutlich einfacher ging.

Unsere Wohnung bestand aus zwei kleineren Räumen. Am Anfang stand uns außer ein paar geborgten Möbelstücken, Betten, Schrank, Tisch und ein paar Stühlen, die uns Onkel Georg und Tante Minna überließen, nichts Eigenes zur Verfügung. Die beiden Zimmer gingen nach hinten hinaus, zwei Fenster zeigten nach Westen zum Nachbarhof, ungefähr auf Höhe seines Misthaufens, nach Osten zu erlaubte ein weiteres Fenster den Blick an den Stallungen und dem Saalgebäude vorbei in die Wiesen und Felder. Den vorderen Raum nutzten wir als Allzweckraum: Flur, Garderobe, Küche und Vorratsraum, Wohn- und Esszimmer in einem; das dahinterliegende, durch eine Tür von der Küche aus betretbare Zimmer diente als Schlafraum für meine Mutter und uns drei Kinder.

Die beiden Räume umschlossen noch eine kleine Kammer, ein gefangenes Zimmer. In diesen Raum wurde bald nach unserm Einzug „die Ahrendsche" eingewiesen, ein aufgedonnertes, kettenbehangenes und geruchsintensives Weibsbild. Mir kam sie, wie soll ich das sagen, gebraucht vor. Angeblich war sie weitgereist, kam aus Rio de Janeiro, ich habe keine Ahnung, warum sie sich mit diesem exotischen Teint umgab. Sie ging irgendwelchen geheimnisvollen Beschäftigungen nach, die anscheinend nicht für Kinderohren geeignet waren. Sie steckte uns als Dorn mitten im Fleisch.
Um in ihren Raum zu gelangen, musste sie durch unsere Küche. Alles bekam sie mit, was in unserer Wohnung ablief. Zum Glück war sie oft unterwegs. Wir hatten nur den allernötigsten Kontakt mit ihr. Irgendwann ging die Tür auf, sie durchquerte ohne Worte unsere Wohnung, schloss ihr Zimmer auf und verschwand hinter ihrer Tür, die sie von innen wieder versperrte. Für mich war sie ein Phantom: Aber ich bekam schon mit, dass sie keine Kinder mochte und sich, wenn sie denn mal da war, konstant darüber beklagte, dass wir zu laut seien. Wir mussten dann immer flüstern.
Lange hielt dieser Zustand an. Endlich, ich glaube erst nach weit über einem Jahr, nachdem mein Bruder angekommen war und meine Mutter immer wieder zum Gemeindeamt gelaufen war und über sie geklagt hatte, erhielt sie irgendwo anders eine Unterkunft oder verließ den Ort. Jedenfalls bekamen wir ihr Zimmer zugeschlagen. Das wurde, nach gründlichster Renovierung und neuen Tapeten, dann zu-

nächst zum Kinderschlafzimmer und einige Jahre später, nachdem meine bereits pubertierenden Schwestern einen eigenen Raum bekommen und mein Bruder und ich in die Küche verlagert worden waren, zum Wohn- und Esszimmer. Schließlich konnten wir, und damit komplettierte sich unsere Wohnung, wieder Jahre danach, im Zuge mühsamer Verhandlungen mit Onkel Georg und Tante Minna, die uns zunehmend weniger wohlgesonnen waren, noch eine weite-re kleine Kammer dazumieten. Sie grenzte an unsere Küche und war bei der behördlichen Erfassung der Räume offenbar unerkannt geblieben, weil es sich ebenfalls um ein gefangenes, aber nur von der anderen Seite aus zugängliches Zimmer handelte. Deshalb musste erst ein Durchbruch zu unserer Küche hergestellt und die Tür zur anderen Seite zugemauert werden. Eigentlich handelte es sich bloß um ein Abstell-Kabuff, es reichte für zwei Betten, einen Schrank und einen schmalen Tisch; aber meine Schwestern waren glücklich, dass sie dort einziehen durften.

So ergab es sich, dass sich unsere erst vier-, später sechsköpfige Familie wohnraummäßig peu à peu von zweien auf drei und am Ende üppige vier Räume erweiterte, insgesamt vielleicht m², in denen unser Leben stattfand. Ein Flur oder ein Bad oder ein spezieller Küchenraum gehörten nicht dazu. Bis zu meinem Abitur hatte ich meinen Schlafplatz in der Küche. Nachdem sich unsere Familie durch meinen Vater und meinen Bruder erweitert hatte, zimmerte mein Vater für uns Jungen ein Stockbett. Das stand zuerst im Kinderschlafzimmer und nach dem Auszug der Ahrendschen in der Küche, gleich in der Ecke hinter der Tür, die zugleich auch die Eingangstür in unsere Wohnung bildete, abgeschirmt nur durch einen grün-beige geblümten, von der Decke bis zum Boden reichenden Vorhang. Ich schlief oben, mein Bruder unten. Oft habe ich die Blumen im Stoff gezählt.

Einen eigenen Arbeitstisch, an dem ich meine Schularbeiten hätte erledigen können, besaß ich nicht, schon gar nicht ein eigenes Zimmer. Brauchte ich einen Platz zum Schreiben, musste ich warten, bis der Küchentisch freigeräumt war. Das dauerte nach dem Essen einige Zeit. Denn unter der Tischplatte befanden sich in einem Schiebegestell die beiden Aufwaschschüsseln. Erst wenn nach dem Essen das Geschirr gespült, abgetrocknet und weggeräumt war, stand mir (und später auch meinem Bruder) der Tisch zur Verfügung.

Einen Raum oder vielleicht einen Bereich, in dem ich ungestört hätte lesen und lernen können, überhaupt eine Rückzugsmöglichkeit, gab es in unserer Wohnung für mich nicht. Nur in der Küche „hinterm Vorhang", in meinem Stockbett, hatte ich einen Platz, den ich nicht teilen musste. Dahin zog ich mich, wenn es ging, zum Lesen zurück. Doch konnte der Vorhang jederzeit von meiner Mutter, der eine gewisse Neugier nicht abzusprechen war, aufgeschoben werden.

Ich habe diese Bedingungen so hingenommen, weil es eben so war. Aber ich erlebte es schon als wunderbar, als ich im Studium das erste Mal eine klitzekleine eigene Studentenbude nur für mich hatte, mit einer Tür davor, an die man klopfen und auf mein „Herein!" warten musste.

Einen Wasseranschluss gab es nicht in unserer Wohnung. Das Wasser holten wir „auf dem Gang", einem Seitenflur, an dem die Fremdenzimmer des Gasthofs lagen. Zu ihm führte eine Kalt-Wasserleitung hinauf, die über einem abgestoßenen Abflussbecken endete. In Schüsseln oder Eimern trugen wir das jeweils benötigte Wasser mit der Dauerermahnung: „Pass auf, dass du nichts verschüttest!" in die Wohnung, und wenn wir warmes Wasser brauchten, erhitzten wir es auf dem großen Kohle-Kochherd. Wir wuschen uns über der Schüssel in der Küche, oder, wenn keiner vorbeikam, möglichst rasch draußen am Wasserhahn auf dem öffentlichen Gang.

Samstagnachmittags wurde gebadet. Dann setze meine Mutter den Hordentopf mit Wasser auf, und wir Kinder schleppten mit vereinten Kräften die große Zinkwanne vom Boden in die Küche. Der Küchentisch wurde zur Seite geschoben, und die Wanne nach und nach aufgefüllt, abwechselnd mit heißem Wasser vom Ofen und kaltem, das aus dem Flur herangetragen war. Dann stiegen wir, einer nach dem anderen, hinein. Zwischen meinen Schwestern gab es meist Streit, wer zuerst in die Wanne durfte und das frischeste Wasser bekam.

Je nachdem, wie es jeder aushalten konnte, wurde das Wasser Kelle für Kelle auf die richtige Temperatur gebracht. Beim Eingießen ebenso wie beim Baden war zu unserm Kummer Disziplin angesagt, kein Rumspielen, Planschen, Spritzen, kein Überschwappen, wenn wir unsre Mutter nicht stark verärgern wollten. Eingeseift wurden wir mit Kernseife, abgewaschen mit einem hartgestrickten Wollwaschlappen. Den habe ich nicht besonders geliebt. Ich kam immer erst als letzter dran. Nur zum Abspülen gab es am Ende einen kleinen Nachschlag mit sauberem Wasser.

Wenn die Mädchen badeten, wurde ich zum Spielen nach unten geschickt. Als ich größer wurde, fing ich an neugierig zu werden, schlich mich manchmal so leise wie möglich zurück, was in einem Fachwerkhaus mit alten Dielen nicht einfach war und genaue Kenntnis verlangte, wohin man treten durfte, und versuchte durchs Schlüsselloch der Küchentür zu lunsen. Das Wenige, was ich sah, besiedelte meine frühpubertären Phantasien.

In unserer Wohnung gab es keine verborgenen Ecken oder gar abschließbare Räume. Jeder war immer unter Aufsicht. Das machte mir, je älter ich wurde, zu schaffen. Einerseits zog ich mich immer mehr in mich zurück, machte mich unempfindlich gegen äußere Geräusche. Andererseits musste ich aber (wie jeder von uns) immer auf der Hut sein, musste aufpassen, wie gerade der Wind wehte und dass ich niemandem in die Quere kam; vor allem nicht meinem Vater. Allein konnte ich nur außerhalb unserer Wohnung sein.

Da gab es für mich vor allem einen besonderen Ort, besser gesagt ein Örtchen, an dem die meisten Menschen eher kurz zu verweilen pflegen. Anders ich. Von dem ist nun zu erzählen.

Ich erwähnte es schon: Eine Toilette oder ein Bad gab es in unserer Wohnung nicht. Bedrückte uns ein menschliches Rühren – wir sagten dazu: wir müssen ein großes oder kleines Geschäft erledigen –, mussten wir uns auf den Weg machen. Im Blick auf unsere persönlichen Entsorgungsbedürfnisse war deshalb Vorausschau angesagt.

Denn der Weg zum Abort war lang. Er führte, nach Verlassen der Wohnung, durch den oberen Flur, der zur Treppe hin durch eine Tür abgeschlossen war, dann die Treppe nach unten, durch den unteren Hausflur und die Haustür auf den vorderen, gepflasterten Hof; dann rechts an den Kuh-, Schweine- und Pferdeställen vorbei und an der Miste entlang über den hinteren Hof Richtung Wiese, weiter durch die mit einem Haken gehaltene Gartenpforte, die, auch wenn wir's eilig hatten, wegen der grasenden Kühe oder Pferde nach dem Öffnen auf jeden Fall wieder versperrt werden musste; sodann, weiter rechts herum, etwa 20 oder 30 Meter die Wiese hinunter – Vorsicht, da können Kuhfladen liegen oder Schlammpfützen stehen! – und dann, wieder rechts am Gatter entlang auf kankeligen Brettern durch das nach Regenfällen etwas versumpfte Gelände bis zu einer zweiten kleinen Pforte, die in den Gemüsegarten führte, die musste ebenfalls auf- und zugehakt werden; alsdann, inzwischen auf der Rückseite des Kuhstalles, schräg gegenüber vom oben erwähnten großen Tanzsaal, für den das Klo ursprünglich gebaut wurde, den Steinplattenweg am Küchengarten entlang; da waren es nur noch etwa zehn Meter, und schon konnten wir mit dem hoffentlich nicht vergessenen Schlüssel die Tür eines der beiden Plumpsklos aufsperren, in der Hoffnung, dass das Schloss nicht klemmte, dass wir schnell genug die Hose herunter bekamen und dass wir auch genügend selbstgeschnittenes Zeitungspapier zum Abputzen mitgenommen hatten.

Hier umwaberten den auf dem Holzsitz mit dem Loch darin Thronenden mancherlei menschliche Gerüche. Hier ging alles natürlich zu. Wenn bisweilen ein paar dicke Klomaden an den Wänden saßen, oder wenn uns im Winter manchmal die notwendig freigelegten Körperteile anzufrieren drohten – dann hat mir das nicht viel ausgemacht. Im Gegenteil. Ich suchte diesen Ort gerne auf. Hier war ich allein und konnte mich ungestört nicht nur allen aufkommenden Darmgefühlen, sondern vor allem meinen Gedanken und Phantasien hingeben. Hier wollte niemand etwas von mir. Die Tür ließ ich offen stehen, niemand kam hier entlang, man konnte nach Süden zu über die Wiese und in die Felder schauen, an Schäfers Scheune vorbei und weiter auf die bewaldeten Hügel jenseits des Tals, die hölzerne Sitzfläche erwärmte sich nach und nach, man hörte, sah und roch Natur. Damals war das Klo immer ein sinnlicher Ort für mich, ein Ort der Entspannung, der Freiheit und des Friedens.

Was das Klogehen betraf, wurde es natürlich wesentlich schwieriger, wenn sich des Nachts das Menschliche rührte. Dann wurde der Weg zum Klosett, vor allem, wenn man unter Druck stand, lang und länger. Kein Licht brannte im Dorf, in Hof und Garten war es, wenn sich nicht gerade der Mond zeigte, stockdunkel. Dann mussten wir eine Laterne mitnehmen oder die alte Armeetaschenlampe meines Vaters.

Beide warfen nur schwaches Licht auf die nächsten Schritte. Man musste außer dem Wohnungs- und Kloschlüssel auch den Hausschlüssel dabei haben, um das meist klemmende und quietschende, nachts verschlossene Haustürschloss zu öffnen. Bisweilen standen da auf dem Weg zum Donnerbalken, so gut wir ihn kannten, irgendwelche landwirtschaftlichen Geräte im Weg, die am Tag gebraucht wurden und dort vorübergehend abgestellt waren, man konnte über Stufen, Steine, Grasbüschel stolpern und in alles Mögliche treten. Und schließlich sahen, so angestrengt man nach Vertrautem suchte, die schattenhaften Konturen der Gebäude irgendwie anders aus als am Tag, da bewegte sich vielleicht etwas, Tiere huschten fort und unbekannte Geräusche begleiteten den langen Weg. Nur in Ausnahmefällen nahmen wir das alles in Kauf.

Deshalb hatten wir auf dem Speicher eine unappetitliche Notlösung, den Stinkeeimer, in den man sich entleeren konnte und der am nächsten Tag unauffällig zum Mist getragen und an den Rand gekippt werden musste. Allerdings – so einfach war das dringende Geschäft auch im Haus nicht erledigt. Die Bodentreppe war steil, ausgetreten, schlecht beleuchtet und stand im unteren Teil voller Reinigungsgeräte. Die Tür knarrte und quietschte, es sei denn, man hatte noch Zeit und öffnete sie äußerst vorsichtig. Vernehmlich klappte dann jedoch der Lichtschalter, die Holzstufen ächzten und knackten, aber nebenan schliefen mein Onkel und meine Tante, die durften nicht aufwachen, sonst konnte es ziemlichen Ärger geben.
Auf dem Blecheimer saß ich nicht gern. Die Sitzhaltung war unbequem, der Rand schnitt mir in die Haut, es spritzte von unten, manchmal begann der Eimer zu kankeln, man musste aufpassen und durfte nicht aus Versehen im Dämmerlicht dagegenstoßen.

Es gab aber noch ein zweites Problem, das es erschwerte, nachts auf den Boden zu gehen. Das waren die Ratten.

Die Ratten haben uns Jahre begleitet. Vom Hausboden führte eine direkte Verbindung zum angrenzenden Speicher über den Ställen. Dort lagerte das Getreide für die Winterfütterung und für die Aussaat im nächsten Jahr. Das mochten auch die Ratten. Überall stießen wir auf ihre Kratz- und Fraßspuren, Nester und Exkremente. Überall roch es penetrant nach Ratten. Sie zerbissen fast alles: Alles Fressbare ohnehin, aber auch Kartons und Zeitungen, Schuhe, Kleidung, Decken und Wäschestücke; nichts war vor ihnen sicher. Es musste alles dicht weggeschlossen oder fest verpackt, verschnürt und verklebt sein. Tagsüber verzogen sie sich in die Ecken, aber es riss sich keiner von uns darum, auf den Boden zu gehen. Auch wenn wir sie nicht sahen, fühlten wir uns immer von ihnen beobachtet.

Aber wenn das Haus nachts ruhig geworden war, konnten wir hören, wie sie über unsern Köpfen lärmten, ohne jeden Respekt, so als gehörte der Boden ihnen allein. Wir hörten, wie sie sich durchs Gebälk jagten und hetzten und kreischten, sich anfauchten und aufquiekten, oder, wenn sie noch jünger waren, wisperten und fiepten. Sie lehrten uns alle das Gruseln. Besonders meine jüngere Schwester entwickelte einen panischen Widerwillen gegen die Ratten. Niemals ging sie nachts allein auf den Boden. Wenn sie unbedingt den Eimer besuchen musste, bat sie mich, sie zu begleiten. Das spornte mich an, meine eigene Angst zu übergehen. Wenn wir nach Eintritt der Dunkelheit hinauf mussten, schalteten wir immer erst ein paar Mal das Licht an und aus, klatschten in die Hände, machten laute Geräusche oder riefen irgendwas, damit sich die Ratten verliefen. Dann konnte man hören und sehen, wie sie auseinanderstoben und in die Nischen huschten.

Und doch – nach und nach gewöhnte ich mich an unsere Mitbewohner. Der Lärm, den sie verursachten, wandelte sich in bekannte, ja vertraute Geräusche. Meine Neugier wurde größer als meine Angst, und ich wurde mutiger. In Vollmondnächten, wenn das durch die Dachluken fallende Licht den Raum fahl erhellte, versuchte ich manchmal, so leise es ging, die Bodentür zu öffnen, ohne vorher die vom Gebälk hängende Glühbirne anzuknipsen und die Ratten zu warnen, und im Schummern die Treppe heraufzuschleichen, um sie zu beobachten und zu zählen. Ich hab es auf über dreißig gebracht. Sie huschten über den Boden, hockten auf Truhen, Kisten und Kartons, saßen auf den abgestellten Schränken, sie liefen die Balken entlang und kletterten ins Fachwerk. Ihre langen Schwänze hingen herunter, ihre Augen nahmen irgendeinen Lichtschimmer auf und funkelten mich an. Es war eine filmreife Gespensterszene. Ich hatte schon Respekt vor ihnen, aber noch größeren besaßen sie vor mir. Sobald ich ein Geräusch machte oder mich heftig bewegte, jagten sie davon. Onkel Georg verstreute dann überall Gift, und über die Jahre wurden wir sie los. Ich hab sie fast ein bisschen vermisst, aber damit stand ich allein.

Andererseits erinnere ich mich auch an etliche vorteilhafte Seiten unserer Wohnsituation. Die wichtigste war: Unsere Großeltern Ati und Oti wohnten, wie berichtet, nebenan, gleich hinter der Obstwiese, jederzeit erreichbar. Bei ihnen habe ich, ebenso wie meine Geschwister, immer wieder Zuflucht gesucht und gefunden. Man konnte entweder versteckt über die Wiese und dann durch eine kleine Pforte zum Nachbarhaus gelangen, oder man musste öffentlich außen herum über die basaltsteingepflasterte Hauptstraße laufen. Es war nur ein Katzensprung. Dann waren wir in einer anderen Welt.

Ein zweiter Vorteil war die Lage des Gebäudes, in dem wir wohnten. Der Hof meines Onkels lag, obwohl eigentlich am Rande des Orts, dennoch quasi im Zentrum, weil an der Hauptstraße. Direkt vor dem Haus war die Bushaltestelle des Dorfs. Hier versammelte man sich, hier ging alles los. Von hier aus führte die zentrale Straße ins Dorf hinauf direkt auf Pfarrhaus und Kirche zu. Vom Flurfenster im ersten Stock aus, das direkt über der Haustür lag, hatte man eine unbezahlbare Übersicht über alles, was unten auf dem Hof und draußen auf der Straße passierte. Hier verpasste man nichts. Es war der 1-A-Logenplatz des ganzen Dorfes.

Er bewährte sich vor allem, wenn es, als wir später in Göttingen zur Schule gingen, das morgendliche Aufstehen betraf. Denn das konnte auf den letzten Drücker erfolgen, weil ja die Bushaltestelle direkt vorm Hause lag, und es reichte, dass einer von uns aus dem Fenster sah und rief „Der Bus kommt!", um den letzten Bissen in den Mund zu schieben, den Ranzen zu greifen und nach unten zu rennen, um die Abfahrt nicht zu verpassen.

Auch nach hinten hinaus gab es was zu sehen. Das Küchenfenster ermöglichte den Blick ein weites Tal voller Felder und Wiesen, das rundherum von bewaldeten Hügeln eingeschlossen wurde. Manchmal kam es vor, dass sich ein Gewitter im Tal verfing; dann stand ich am Küchenfenster und konnte mich an den Blitzen, die durchs Tal zuckten, nicht sattsehen. Ich versuchte alles über Blitze in Erfahrung zu bringen, was ich finden konnte. Vor allem der sagenhafte Kugelblitz hatte es mir angetan, bevölkerte meine Träume und spannte beim Zuschauen alle meine Sinne. Aber einmal, als ich wieder, zusammen mit meinen Schwestern, einem Gewitter zuschaute, sahen wir das seltene Phänomen eines riesigen Kettenblitzes. Er füllte, kaum mehr als eine Sekunde lang, den ganzen Himmel. Es war ein unvergessliches Erlebnis.

Schaue ich mir unsere Wohnbedingungen mit dem Abstand vieler Jahre an, dann muss ich zuerst sagen: sie haben uns und mich sehr eingeschränkt. Besonders meine Eltern haben unter ihnen gelitten. Und doch, so beschwerlich oder unerträglich sie für jeden von uns waren: sie erscheinen mir im Nachhinein auch lebendig und spannend, und jedenfalls nicht eintönig. Die schlichten Verhältnisse machten uns erfinderisch. Ich lernte, mich zu beschränken und mit dem Mangel zu arrangieren. Später habe ich das als eine Fähigkeit empfunden.

Die Nachkriegssituation hat uns unsere Wohnbedingungen aufgezwungen; und in den ersten Jahren nach der Flucht haben wir uns ohne Klagen oder allzu deutlichen Widerspruch mit ihnen abgefunden. Vielleicht waren alle Beteiligten, gerade auch mein Onkel und meine Tante, davon ausgegangen, die als nicht gerade angenehm empfundenen Einschränkungen wären nur vorübergehend und würden sich über kurz oder lang ändern. Dem war aber nicht so. Es wurde eine lange Geschichte daraus. Wir blieben in diesem von meinen Eltern alles andere als geliebten Dorf, hängen. Wir kamen nicht vom Fleck. Insgesamt wohnten wir über sechzehn Jahre dort. Und das hat, wie ich erzählen werde, vor allem mit meinem Vater zu tun.

Meines Vaters Rückkehr

Mein Vater kam aus dem Krieg zurück. Aber wie! Äußerlich unversehrt, innerlich zerstört. Doch ich will der Reihe nach erzählen.

Ich muss ein bisschen früher beginnen. Im Frühjahr 1943, als ich zur Welt kam, war das Leben im Lande bereits von vielerlei Einschränkungen betroffen. Das betraf auch die Kommunikation. Soweit ich weiß, hatten meine Eltern zwar über die übliche Feldpost immer Kontakt. Aber Fronturlaube waren selten und von erwartungsschweren Gefühlen begleitet. Mindestens einmal muss mein Vater seine Familie im Thüringer Münchenbernsdorf besucht haben, davon gibt es Bilder. Nur die Phantasie ließ meinen Eltern Raum, ihre Partnerschaft und Elternschaft zu entwickeln. Ein Familienleben, von dem sie natürlich geträumt hatten, gab es nur zu Anfang ihrer Ehe, bis kurz nach der Geburt meiner ältesten Schwester; kurz danach brach der Krieg aus und mein Vater wurde abkommandiert. Wie viele andere Paare lebten meine Eltern in erzwungener Trennung.

Mein Vater hatte keine Chance die Wege mitzugehen, die seine Kinder ins Leben nahmen, an der Wiege zu sitzen, den Kinderwagen mitzuschieben, das erste Krabbeln und Aufrichten, das erste Laufen, das Zahnen und die ersten Wortversuche mitzuerleben. Und gerade bei seinem Sohn! Wie groß auch sein Vaterstolz und wie ausgedehnt seine Erwartungen gewesen sein mögen, nach den beiden Mädchen nun den ersehnten Stammhalter und Namensträger bekommen zu haben – er hatte wenig Möglichkeiten, mir das mitzugeben, was er für mich in petto hatte.

Das musste alles meine Mutter übernehmen. Die Vaterschaft blieb ihm unvertraut. Auf jenen Bildern, die ihn einmal im Fronturlaub zeigen, hält er mich, von meiner Mutter offensichtlich für diesen Anlass herausgeputzt, ein bisschen steif und hingesetzt auf seinen Knien: „So, nun nimm du mal deinen Sohn, damit wir ein Foto von euch haben!" Dann war er wieder fort, für Jahre nicht vorhanden.

Wir Kinder wuchsen ohne Vater auf. Die wenigen Male, die ich meinen Vater nach meiner Geburt gesehen hatte, reichten nicht aus, ein innerliches Bild von ihm in mir aufzubauen und einzuprägen. Er war für mich nicht da, allenfalls als Phantom. Ich habe ihn auch nicht vermisst. Mir ging es gut bei meiner Mutter und meinem Großvater. Erst sehr viel später begriff ich, wie sehr mir mein Vater gefehlt hat, nein, wie sehr wir uns beide gefehlt haben.

Wenn es auch Pausen gab, hatten meine Eltern über die ganzen Kriegsjahre hinweg immer Kontakt. Der riss bei Kriegsende ab, als mein Vater in Gefangenschaft geriet, zu seinem großen Glück nicht in russische, sondern amerikanische. Das hat ihm vielleicht das Leben gerettet. Mindestens für meine Mutter war es eine Zeit neuer Ängste: Was ist mit dir? Wo bist du? Bist du noch am Leben?

Erst etliche Zeit danach gelang es meinen Eltern, wieder miteinander Verbindung aufzunehmen. Ganz sicher hat meine Mutter uns davon erzählt. Aber bei mir blieb davon nichts hängen. Für mich gab es keinen Vater, bestenfalls einen sehr schemenhaften und ohne Konturen. Äußerlich wie innerlich war er weit weg.

Eines Tages im Spätherbst des Jahres 1947, als ich fast vier Jahre alt war, habe ich meinen Vater kennengelernt. Er begegnete mir als Fremder, der etwas Bedrohliches in mein

Leben brachte. Es war für mich ein einschneidendes Erlebnis.

Mein Vater, untergebracht im Hammelburger Gefangenenlager, hatte sich dort durch geschickte Kontakte mit der amerikanischen Lagerverwaltung erst einen Posten in der Küche verschafft, dort ging es ihm ganz gut, er saß sozusagen an der Quelle. Später gelang es ihm sogar, den begehrtesten aller Gefangenenjobs zu ergattern, die Arbeit in der Schreibstube. Weil es dort einen notorischen Mangel an Schreibgeräten gab, hatte er die Chance ergriffen und sich angeboten, eine Schreibmaschine von daheim zu holen. Man gab ihm als Offizier Wochenendausgang auf Ehrenwort. Er pfiff auf das Ehrenwort und türmte.
Ich denke, er hatte das mit meiner Mutter zusammen ausgeheckt. Sie hatte ihn einige Monate zuvor im Lager besuchen können. Und natürlich waren auch meine Großeltern eingeweiht; doch sonst niemand, auch nicht meine Geschwister, damit wir uns nicht verplapperten. Ich wusste nichts. Für mich ist mein Vater wie aus heiterem Himmel in meine Welt eingebrochen und hat alles durcheinander gebracht.

Es war ein dunkler, nasskalter November- oder Dezembertag im Jahre 1947, ich war vierdreiviertel Jahre alt, da öffnete sich plötzlich unsere Küchentür. Im Rahmen stand ein fremder Mann, eingehüllt in einen langen, schwarzledernen Militärmantel mit abgetrennten Dienstgradabzeichen. Wie aus dem Nichts aufgetaucht, war er im Schutz der Dunkelheit ins Haus geschlichen, stand plötzlich da, und mit ihm trat der Schreck ein.
Die Szene hat sich mir tief eingeprägt. Ich stand neben meiner Mutter hinterm Küchentisch, der Tür zugewandt; sie backte einen Kuchen, wahrscheinlich meinem Vater zum

Willkommen, und ich hatte ihr beim Teigrühren geholfen. Die Tür ging auf, mein Vater stand da, meine Mutter sah auf – und einen kurzen Augenblick lang passierte nichts. Ich klammerte mich an ihre Schürze, und gleichzeitig, in einer Mischung aus kindlichem Größenwahn und Beschützerinstinkt, stellte ich mich irgendwie innerlich vor sie, weil ich merkte, dass da etwas Grundlegendes passierte, das sie innerlich zittern ließ und mich mit ihr. War es Freude? War es Angst? Ich spürte ihre Erschütterung: Jetzt wird alles anders. Ich spürte sie auch für mich. Das alles durchfuhr mich in einem Augenblick, dieses Gefühl: Da passiert etwas Großes, dem man sich nicht entziehen kann, das alles anders macht. Und der kleine Held in mir ließ mich, wenn auch nur nach innen, ausrufen: „Ich bin ja bei dir, Mutti. Du musst keine Angst haben. Auf mich ist Verlass. Ich beschütze dich!"

Wie es an diesem Abend weiterging, weiß ich nicht mehr. Vielleicht löste sich, wenigstens nach außen hin, der Schreck in mir, vermutlich war die Reaktion meiner Schwestern, für die mein Vater, anders als für mich, kein Fremder war, auch für mich krampflösend. Und das kurze innere Erbeben meiner Mutter, das ich verspürt hatte, zerstob, als sie auf meinen Vater zuflog. Wir Kinder wurden vorgeschoben und gedrückt und befragt, doch alles nur im Flüsterton hinter verschlossener Tür.

Später habe ich mich gefragt: Woher dieser Schreck und woher die Verunsicherung, die sich in meiner kleinen Seele einnistete und ausbreitete, wenn sie nicht Widerhall der Fremdheit meiner Eltern war? Welches Ungesagte stand zwischen ihnen im Raum, einen ersten Augenblick lang? War es nur die Angst vor dem Gesehen- und Gehörtwerden? Dass unsere Mitbewohnerin plötzlich hätte auftauchen können? Stockte das Herz vor der Größe des Moments: Er ist da, er hat es geschafft, wir sind wieder zusammen? War es ihre Sekundeneinsicht, dass jetzt eine nervenaufreibende Zeit des Versteckens und der Heimlichkeiten auf die Familie zukäme? War es die Sorge, die Kinder könnten den Vater durch unbedachtes Reden verraten? Aber andererseits: Überwog nicht viel mehr das Gefühl, endlich wieder zusammenzusein, heil und unversehrt? Endlich ihre Sehnsüchte wieder zu leben? Oder schwang da noch ein Anderes hinein, das zwischen ihnen stand?

Ich habe mich auch gefragt: Warum hat sich mein Vater zu dieser folgenreichen Flucht aus der Gefangenschaft entschlossen, nachdem er sich doch einen guten Posten, erst in der Küche, dann in der Schreibstube ergattern konnte und nicht hungern musste? Und nachdem auch schon Gerüchte und Vermutungen kursierten, dass die Lagerhaft, anders als die russische Gefangenschaft, nicht ewig dauern würde. Oder war es die Idee meiner Mutter, war es vielleicht sogar ihre Bedingung: „Entweder du kommst so schnell wie möglich nach Hause, oder ...“ Über das Oder kann ich nur spekulieren.

Vielleicht war es für meinen Vater, den Offizier, auch ein Akt der Ehre, ein letztes Aufbäumen gegen den Feind, dem man zur Treue nicht verpflichtet ist. Mag sein, dass es ihn mit Macht zu seiner Frau zog oder sie ihn hersehnte, so dass sie, als sie ihn im Lager besuchte, jugendliche, verrückte Pläne mit ihm geschmiedet hat. Mag sein, dass mein Vater vor sich selbst davongelaufen ist, vor, wie wir irgendwann erfuhren, einer zunächst leichtfertigen Schreibstubenliebschaft, die er naiv-verharmlosend immer sein „Lager-Gespusi“ nannte, die sich aber verernsthaftete und immer deutlicher ihrer Harmlosigkeit verlustig ging. Er redete später offen darüber, ich glaube, für ihn war das, jedenfalls von hinten her, ein erlaubtes Techtelmechtel. Für meine Mutter stellte sich das womöglich ganz anders dar. Bei ihr gingen die Alarmlampen an.

Mag sein, dass sie befürchtete, ihren Mann zu verlieren, und dass sie ihn vor die Wahl stellte: sie oder ich. Ich glaube, die ganz persönlichen Antriebe sind meist die stärksten.

So kam es, dass mein Vater plötzlich in unser Leben sprang. Aber zunächst war es nur ein quasi nächtlicher Sprung.

Die Zeit des Versteckens

Jetzt war unsere Familie also wieder komplett – aber gewissermaßen nur virtuell, nur unter höchster Geheimhaltung, jedenfalls in der ersten Zeit. Denn mein Vater musste sich verstecken. Es war klar, dass die Militärpolizei nach ihm suchen und dazu alle Hebel in Bewegung setzen würde. Würden sie ihn finden, wartete strenge Haft auf ihn. Das war eine hochdramatische Zeit für uns.

Mein Vater musste untertauchen. Aber wie und wo? Sie würden sicher das ganze Haus auf den Kopf stellen, in dem wir wohnten. Man würde sicher auch die Kinder ausfragen. Wir bekamen es eingebläut: „Zu niemandem ein Wort! Ihr habt euren Vater nie gesehen!" Man übte mit uns ein, was wir zu sagen hätten. Das war ein Spiel mit hohem Risiko.

Mein Vater brauchte ein sicheres Versteck, in dem er aber unauffällig von uns versorgt werden konnte. Das hatten sich meine Eltern raffiniert ausgedacht.

Im Nachbarhaus, das mit dem unseren in keiner Verbindung stand, sondern durch eine Wiese getrennt war, wohnten unsre Großeltern bei ihren Geschwistern im Dachgeschoss. Es gab keinen ersten Stock, sondern das Dach setzte direkt über dem Erdgeschoss an. Während die eine Hälfte des Dachstuhls als offener Bodenraum genutzt wurde, nahm das großelterliche Zimmer die andere Hälfte ein. Es war mittig mit geraden Wänden unter den Giebel gesetzt. Dadurch entstanden rechts und links unter den seitlichen Dachschrägen zwei offene Abseiten, dunkle Abstellräume. In einer von ihnen versteckte sich mein Vater.

Gleich in den Eingangsbereich seiner etwa dreieinhalb Meter tiefen, am Boden gut anderthalb Meter breiten Butze, in der man als Erwachsener nur direkt an der Wand halbwegs aufrecht stehen konnte, schob er einen Schrank, der den Zugang weitgehend versperrte, sodass man nur seitwärts unter die Schräge kriechend in den hinteren Teil gelangen konnte. Schaute man von außen hinein, sah man, so hatte er es arrangiert, nur Gerümpel.

Mit der Zeit richtete sich mein Vater dort ein, baute sich im hinteren Bereich direkt an der Wand eine Art Bett mit einer Matratze darauf, sodann einen Klapptisch mit einem Hocker davor, auf dem er schreiben konnte. Eine Dachluke bot ein wenig Tageslicht. Für die dunklen Stunden legte sich mein Vater außerdem ein funzeliges Licht in seine Behausung, indem er vom Flurlicht ein Kabel abzweigte. Nachts musste natürlich alles verdunkelt sein.

In diesem Kabuff hielt sich mein Vater fast ein Jahr versteckt, einen langen Winter und einen manchmal heißen Sommer. Das waren viele Monate, bei Frost und Hitze, bei Regen und Sturm, eingesperrt unter den ungedämmten Ziegeln. Er hat sich seine Flucht teuer erkauft. Da hockte er nun in selbstgewählter Einzelhaft den ganzen langen Tag, Woche für Woche, und konnte nichts tun als warten, dass die Amerikaner irgendwann die Lust an ihm verlören. Ich weiß nicht, wie er die Zeit verbracht hat.

Zwar wohnten die Schwiegereltern nebenan hinter der Wand, mit denen konnte er sprechen, unter Beachtung, auf keinen Fall ans Fenster zu treten und immer leise zu sprechen, und vor allem, wenn jemand an die Haustür kam, sofort in seinem Versteck zu verschwinden. Aber ich glaube nicht, dass er außer über Familiäres und Alltägliches viel mit ihnen geredet hat; sicher nicht über sich. Er hat wenig über sich geredet, außer wenn er dozierte oder sich als Beispiel hinstellte. Ich denke nicht, dass mein Großvater, der zum Soldatischen niemals Zugang hatte, viele Gemeinsamkeiten mit meinem Vater empfand.

Wie einsam muss mein Vater gewesen sein! Ob er die Tanten oder den Onkel unten im Haus besucht hat, weiß ich nicht. Ich denke aber, dass sie notgedrungen eingeweiht waren.

Hat er gelesen? Hat er geschrieben? Hat er sich seine Version der vergangenen Jahre zurechtgelegt? Hat er nachgedacht über die Jahre des Gräuels? Hat er Bilanz gezogen über sein Leben? Hat er seinem zerplatzten Offiziersberuf, den nicht erfüllten Chancen, nachgeweint? Sind ihm die Bilder des Krieges nachgelaufen? Hat er gespürt, was er sich vorgemacht hatte und was er nicht sehen wollte? „Wie viel Wahrheit", habe ich später im inneren Gespräch mit ihm gefragt, „hast du dir erlaubt, wie viel Verdrängung gebraucht? Wovon hast du geträumt? Hast du schlecht geträumt vom Schrecklichen, an dem du mitgewirkt hattest, oder eher von den verpatzten Chancen deines Lebens?" Für meinen Vater gab es sicher viel innerlich abzuarbeiten. Ob er es getan hat – ich habe meine Zweifel. Aber davon wird ein andermal erzählt werden.

In einem Dorf, wo jeder jeden kennt, bleibt wenig verborgen. Das Dorf hat tausend Augen. Gerüchte machen schnell die Runde. Will man hier etwas verborgen halten, muss man schon sehr geschickt vorgehen.

Da waren verschiedene Probleme zu lösen, die meinen Vater hätten verraten können; vor allem die Versorgung und die Entsorgung. Mein Vater brauchte zu essen und manchmal musste er auch etwas von sich geben. Das Klohäuschen, natürlich ein Plumpsklo wie bei uns und damals auf den Dörfern noch verbreitet, stand ein paar Meter vom Haus entfernt am Rande des Nutzgartens. Unbemerkt konnte man es nicht aufsuchen. Also musste mein Vater immer warten, bis es draußen finster wurde. Notdurft bitte nur im Dunkeln.

Mittags trugen wir Kinder, den richtigen Zeitpunkt abwartend, dass uns niemand sah, meinem Vater das warme Essen im Armee-Kochgeschirr hinüber. Eigentlich war das nicht weiter auffällig, weil meine Mutter in der Regel auch für ihre Eltern kochte. Wir mussten nicht einmal die öffentliche Straße benutzen, sondern konnten gleich hintenrum über den Hof, am Schuppen entlang, quer über die Wiese und durch eine kleine Pforte zum Nachbargrundstück gelangen. Trotzdem schwang immer Aufregung mit, wenn wir mit den vollen Kochgeschirren hinüber liefen. Meistens haben das meine Schwestern besorgt. „Beeil dich! Aber Vorsicht, dass du nichts verschüttest! Und pass auf, dass du nicht in die Kuhhaufen trittst!" Ich trat lieber mal hinein. Denn mir war immer irgendwie unheimlich zumute, wenn ich meinen Vater drüben in seinem Versteck besuchte. Es durfte ihn ja eigentlich gar nicht geben.

In der Dunkelheit und wenn das Dorf sich schlafen gelegt hatte, schlich sich mein Vater manchmal zu uns herüber. Das ging nicht immer. Nur die mondlosen, trüben oder verregneten Nächte eigneten sich dazu, wenn niemand sich mehr draußen zeigte. Zwar gab es im Dorf noch keine Straßenlaternen; Licht kam nur von Mond und Sternen oder wenn man eine der alten, petroleumgespeisten Sturmlaternen mit sich trug. Aber man musste immer auf der Hut sein. Im Dorf bleibt nicht viel geheim. Über die Straße zu laufen, wäre viel zu gefährlich gewesen, auch im Dunkeln; es ging nur hintenherum, über die Wiese und den Hof. Gott sei Dank hielt Onkel Georg keinen Hund wie die meisten Bauern im Dorf, wohl wegen der Gastwirtschaft. Mein Vater kannte den Weg, aber manchmal hat er in der Dunkelheit doch einen Kuhfladen mitgenommen. Und er konnte nicht einmal laut fluchen. Wir Kinder bekamen nicht mit, wenn er zu meiner Mutter schlich. Ich weiß nicht, wie lange er in der Nacht bei uns blieb. Am nächsten Morgen war er nicht mehr da.

Diese heimlichen Treffen waren überaus riskant und das wunderbare Versteck meines Vaters war dann nichts wert. Aber das nahmen meine Eltern in Kauf. Ihr Bedürfnis, ab und an zusammenzusein, konnte jederzeit dazu führen, dass mein Vater aufgeflogen wäre.

Meine Mutter wurde schwanger. Das war ein Dorfgespräch. Gerüchte kursierten, sie hätte sich wohl bei der Organisierung von ein paar Mettwürsten mit einem der Bauern im Dorf eingelassen. Sie ließ die Gerüchte vorerst auf sich beruhen. Aber die ganze Konstruktion war heikel. Natürlich blieb es nicht geheim, dass die Militärpolizei nach meinem Vater suchte. Im Dorf wurde gemunkelt. Und nur wenig hat gefehlt, dann wäre alles schiefgegangen.

Das hat mit einem Erlebnis zu tun, das mir und meinen Geschwistern und noch mehr meiner Mutter wie kaum ein anderes in die Glieder fuhr.

Eines Nachts war mein Vater wieder zu meiner Mutter herüber geschlichen. Es war Wochenende. Vielleicht haben sich meine Eltern zu sicher gefühlt. Plötzlich schlug die Militärpolizei an die Tür. Das war schon öfter passiert. Es war jedes Mal aufregend, wir fühlten uns ausgeliefert. Aber irgendwie hatten wir uns auch schon daran gewöhnt. Natürlich immer unangemeldet polterte es irgendwann heftig gegen die Küchentür. Dann stand da der Dorfpolizist in Begleitung irgendwelcher anderen ledermantelbekleideten Männer, wohl Feldjäger der Amerikaner in Zivil. Sie durchstöberten der Suche nach meinem Vater unsere beiden Räume, drehten alles von unten nach oben und verschwanden wieder. Bisher verliefen ihre Suchaktionen immer erfolglos, aber sie hatten offenbar einen Verdacht. Sie wollten und konnten das Märchen nicht glauben, dass mein Vater irgendwo verschüttgegangen und nie mehr bei meiner Mutter aufgetaucht wäre. Aber sie kamen nie auf die Idee, im Nachbarhaus nachzuschauen.

Dieses Mal kamen sie an einem Sonntagmorgen. Dieses Mal war es ganz früh, im ersten Morgengrauen, als es an die Tür polterte. Meine Eltern lagen in den Ehebetten, ich daneben, meine Schwestern seitwärts in Kinderbetten. Alle waren wir sofort hellwach. Wohin sollte mein Vater verschwinden? Ein Entkommen aus der Wohnung gab es nicht. Die Fenster waren zu hoch zum Springen. Ich weiß noch, wie meine Eltern flüsternd und blitzschnell nach einem Versteck suchten, wie mein Vater barfuß und im Nachthemd in den großen Kleiderschrank mit der zentralen Mitteltür sprang, wie er in eins der dort stehenden Paar Stiefel schlüpfte, damit man seine nackten Füße nicht sah, wie meine Mutter in aller Hast die langen Kleidungsstücke zurechtschob und die linke Ecke, hinter der mein Vater stand, besonders dicht zuhängte, ich weiß noch, wie ich in dem zerwühlten Doppelbett auf die Seite gesteckt wurde, auf der mein Vater gelegen hatte, wie wir alle mit schreckweiten Augen die Suche der fremden Männer verfolgten, hinter dem Sessel, unter dem Bett, in den Zimmerecken, unter den Federkissen, wie sie dann den Schrank öffneten, und ich dachte: „Jetzt ist es vorbei!", wie meine Mutter ihnen dabei half, wie der Dorfpolizist die Kleidungsstücke hin- und her- schob – und nichts fand.
Meine ältere Schwester meint, anfangs hätte der Finger meines Vaters mit dem Ehering noch herausgeschaut, eh er ihn unbemerkt zurückzog, der Dorfpolizist hätte es sehen müssen; vielleicht war er uns wohlgesonnen. Er hat uns nicht verpfiffen. Die Ledermäntel zogen, ohne fündig geworden zu

sein, wieder ab. Sie ließen eine bleiche Familie zurück, der der Schreck noch sehr lange in den Gliedern saß.

Als schließlich Ende 1948 die Zeit des Versteckens zu Ende ging, nachdem die amerikanischen Internierungslager aufgelöst waren und nicht mehr nach meinem Vater gesucht wurde, als sich mein Vater endlich öffentlich im Dorf zeigen konnte, hatten wir wohl alle das Gefühl, wir hätten es nicht mehr lange durchhalten können. Es war für unsere Familie ein Jahr großer Anspannung. Jetzt wurde klar, wer der Vater meines Bruders war. Wie meine Eltern das hinbekommen hatten, wurde unwichtig. Jetzt hätte es mit uns aufwärts gehen können. Aber so einfach war das nicht.

Mein kriegsbeschädigter Vater

Auf den ersten Nachkriegsjahren lagen für unsere Familie viele äußere und innere Belastungen. Am schlimmsten, glaube ich, traf es meinen Vater.

Für ihn waren es Jahre nie geahnter Herausforderungen und teilweise auch falscher Weichenstellungen. Und es waren auch Jahre des Scheiterns. Äußerlich blieb er unversehrt. Innerlich war er entwurzelt. Er kam und kam nicht auf die Beine – mit allen Rückwirkungen auf unser Zusammenleben. Unsere Situation entwickelte sich zu einer Dauermisere. Das zu erzählen ist keine schöne Geschichte.

Mein Vater war Soldat. 1913 geboren, hatte er nach dem Abitur eigentlich Geschichte studieren wollen, aber darauf verzichtet, teils aus Geldmangel, teils, weil er zuvor mehrere Jahre Reichsarbeits- und Militärdienst hätte ableisten müssen, wozu er keine Lust hatte.

Sein Vater, hat er erzählt, sei mit ihm von Pontius zu Pilatus gelaufen, um ihn irgendwo unterzubringen, auf irgendeinem Amt, beim Forst, bei der Post, bei der Bahn, möglichst, in so unsicheren Zeiten, in einer Beamtenlaufbahn. Noch herrschte überall Arbeitslosigkeit. Nirgendwo brauchte man Leute. Nur bei der Polizei, die die Nazis mit Vorrang aufzubauen begannen, war es anders. So fand er 1934 bei der Polizei einen Einstieg. Ein paar Jahre später, 1937, wurde ein Teil seiner Dienststelle in die SS überführt. Durch weitere Umgruppierungen kam mein Vater zu den Totenkopfverbänden, die dann in die Waffen-SS eingegliedert wurden. Auf diese Weise landete er auf Umwegen doch beim Militär.

Bald hat er sich in diesem Beruf beheimatet. Er war ihm auf den Leib geschnitten. Er hatte es nur nicht gewusst. Nicht dass er ein Kämpfer, ein Abenteurer, ein Hasardeur und

Haudrauf gewesen wäre! Nicht dass er gerne Konflikte gesucht oder geschossen hätte! Im Gegenteil. Ihn zog ganz anderes am Militärischen an. Es gab ihm Halt, Struktur, Auftrag. Wie er es gewohnt war von zu Hause. Im Herzen war er, denke ich, ein eher ängstlicher Mensch, der klare Anweisungen brauchte um sich zu entfalten.

Im Laufe seiner Militärzeit hat mein Vater dann Karriere gemacht. Er schlug die Offizierslaufbahn ein, wurde schließlich Adjutant seines Divisionskommandeurs und hatte, zügig aufgestiegen, als Major beste Berufsperspektiven, einmal selber unter den Generälen zu landen. Diese Träume fanden durch die Kapitulation ein jähes Ende. Nicht ohne Stolz und mit noch größerer Bitterkeit erzählte er uns, er habe mit seinen damals 32 Jahren kurz vor der Beförderung zum Oberstleutnant (bzw. Obersturmbannführer) gestanden, der nächsten Sprosse auf der steilen Leiter nach oben. Das Kriegsende kam für ihn einfach zu früh.

Mit dem Zusammenbruch des Naziregimes wurde er brutal und endgültig aus allen hochfliegenden beruflichen Karriereträumen gerissen und war innerlich abgestürzt. Man brauchte keine Soldaten mehr; die am allerwenigsten. Als er dann nach Hause zurückkam, stand er vor dem Nichts, ohne Beruf, ohne Arbeit, ohne Geld und ohne Perspektive. Und dann folgte für ihn ja erst noch die lange Zeit des Versteckens, in der er keine Möglichkeit hatte, irgendetwas Neues anzufangen oder wenigstens die ihm zustehende kleine Pension zu beantragen.

Mein Vater musste viele Kränkungen verkraften: nicht nur, dass er seine Arbeit verloren hatte, sondern zugleich auch seinen Beruf; nicht nur, dass er sich verstecken musste, sondern auch, dass er seiner Aufgabe als Ernährer der Familie nicht nachkommen konnte; nicht nur, dass man ihn nirgends brauchte, es galt auch nichts mehr, was er gelernt hatte; nicht nur, dass er für sich keine Perspektive besaß, sondern er musste sich auch damit auseinandersetzen, dass sich die politische Lage im Lande völlig verändert hatte, dass alles, was er glühend vertreten hatte, nicht mehr galt. Plötzlich stand er auf der falschen Seite. Er war abgestürzt und ins Bodenlose gefallen.

Für meine Mutter war es anders. Meine Mutter hatte, schwer genug für sie, in den Jahren, als sie allein, ohne ihren Mann, alles regeln musste, gelernt, sich zu behaupten. Es gelang ihr nicht immer. Aber es war die Bedingung, mit ihren Kindern zu überleben. Sie hatte gelernt, der Not das Nötigste abzutrotzen, das Wichtigste zu beschaffen, sich mit dem Dorf in Kleingeschäften zu arrangieren, so wie es alle lernen mussten. Sie hatte gelernt, mit der zugeteilten Lebensmittelkarte auszukommen und, was unbedingt fehlte, mit der nötigen Bauernschläue im Rahmen der überall blühenden kleinen Naturalien- und Schwarzmarkthändel zu erhandeln: Zigarettenmarken gegen Speckseiten, Fett, Wurst oder auch die Erlaubnis, auf den abgeernteten Feldern Nachlese zu halten; Hilfe beim Formular-Ausfüllen gegen Milch und Eier oder Schlachtebrühe; zur Not eine alte Brosche gegen unentbehrliche Töpfe und Pfannen. Vielleicht war die Währung auch mal eine Berührung oder ein Blick in den Ausschnitt. Von mehr weiß ich nicht.

Meine Mutter war notgedrungen erwachsen geworden. Als mein Vater zurückkam, hatte nicht nur er sich verändert. Es begegnete ihm auch nicht mehr die gleiche Frau. Aber während er alles einbüßen musste, dem bisher seine Begeisterung, sein Einsatz und sein Stolz galten, und damit auch alles, womit er sich gern gezeigt hatte, Uniform und Dienstgrad, Dienstwagen, Feldstandarte, Befehlsgewalt und Einkommen, hatte meine Mutter dazugewonnen. Sie war eine selbständigere Person geworden. So verschoben sich die Gewichte zwischen ihnen. Es ist klar: Das musste knirschen.

Mein Vater klammerte sich an die Vergangenheit. Er kämpfte mit den Behörden um die Zuerkennung einer seinem Status entsprechenden Pension. Er fühlte sich ungerecht behandelt, schimpfte auf die Nachkriegsbesserwisser, die jetzt die Ämter besetzten und das große Wort führten und ihm die schuldige Achtung versagten. Schließlich, nach der Entnazifizierung, in der er als „Mitläufer" eingestuft wurde, wurde er als „131er" anerkannt und bekam ab 1951 eine kleine Pension. Die reichte aber bei Weitem nicht, um die Familie zu unterhalten.

Es war das Unvermögen meines Vaters und das Schicksal unsrer Familie, dass er die Zeichen der Zeit nicht erkannte. Es hatte sich alles verändert, aber er wollte es nicht wahrhaben. Er hing an dem, was nicht mehr war. Er fand nicht in die Zeit zurück. Anspruch und Realität hatten sich für ihn gespalten.

Diese Rückwärtsgewandtheit meines Vaters nahm ihm die Kraft nach vorn. Vielen seiner Offizierskameraden, soweit er von ihnen redete, ging es zunächst ebenso wie ihm. Aber irgendwie bekamen sie es alle hin, sich auf etwas anderes einzulassen, sich einen Platz in der immer mehr in Gang kommenden Wirtschaft zu sichern, manchmal über für sie entwürdigende Zwischenstationen, manchmal über Beziehungen und mit Hilfe alter Seilschaften. Ende der 50er Jahre hatten sich alle seine Freunde neu orientiert und etabliert. Der eine begann als Vertreter im Textilwarengeschäft und diente sich nach etlichen Jahren zum Geschäftsführer hoch. Der andere fand in einem Verlag Aufnahme und stieg bald in die Leitung auf. Ein Dritter machte einen Kleinhandel auf, der sich ausweitete und nach einigen Jahren florierte.

Nicht so mein Vater. Er saß zwar keineswegs zu Hause herum, aber es sprang nichts Dauerhaftes bei seinen Bemühungen heraus. Dabei war er von Haus aus ein durch und durch tätiger Mensch. Auch er versuchte sich in völlig anderen Berufsfeldern. Eine Zeitlang arbeitete er in einer Tischlerei, dann als Zeitschriftenvertreiber, dann wollte ein Freund ihn als Kleiderverkäufer anheuern, dann versuchte er es als Versicherungsvertreter, wo er Menschen Policen aufschwatzen sollte. Ich weiß noch, wie er auf sein schwarzes Herrenrad stieg, darauf die Aktentasche geschnallt, darin eine Blechbutterbrotdose, die meine Mutter mit leckeren geschmierten Broten gefüllt hatte, und Richtung Göttingen verschwand. Wir freuten uns, wenn er bei seiner Rückkehr noch ein paar nicht gegessene Hasenbrote dabeihatte, die waren bei uns Kindern heiß begehrt.

Aber seine Arbeitsversuche führten zu nichts. Er fand nicht den Weg, auch nicht den Umweg in eine für ihn passende Tätigkeit. Er verlor den Mut. Er hat dann, als ab 1955 die Bundeswehr aufgebaut wurde, versucht, wieder als Soldat einzusteigen. Aber es wäre nur möglich gewesen, wenn er sich dienstgradmäßig auf eine Hauptmannsposition hätte zurückstufen lassen. Das ließ sein Stolz nicht zu.

Es dauerte schließlich volle fünfzehn Jahre, bis er dann doch noch eine Beschäftigung fand, in der er Fuß fassen konnte. Er bekam eine Anstellung als Korrektor in einem renommierten wissenschaftlichen Verlag in Göttingen; dabei kamen ihm seine altsprachlichen Schul-Kenntnisse zugute. Da war das Wirtschaftswunder schon weitgehend an ihm vorbeigelaufen. Bis dahin blieb er ohne Arbeit und regelmäßigen Verdienst. Unsere Familie stagnierte.

Natürlich gab es deswegen Krach zwischen meinen Eltern. Jeder misslungene Arbeits-Versuch belastete die Stimmung. Mein Vater wurde schwer magenkrank, magerte ab, krümmte sich oftmals vor Schmerzen, musste Medikamente schlucken und immer wieder liegen. Vielleicht konnte er sich in den ersten Jahren noch hinter seinem Schicksal verstecken. Je länger dieser brotlose Zustand aber anhielt, umso enttäuschter muss meine Mutter gewesen sein und umso unterlegener musste mein Vater sich fühlen. Später hat er meiner älteren Schwester einmal anvertraut, dass meine Mutter voller Vorwürfe gegen ihn war.

Für die Familienatmosphäre, und natürlich zuerst für die Gefühlslage meines Vater selber, bildete vor allem dieser zentrale Umstand die Quelle wachsender Auseinandersetzungen: dass er kein oder nicht genug Geld nach Hause brachte – sieht man ab von seinen nicht nachhaltigen Arbeitsversuchen aus der Anfangszeit, von einigen Ersparnissen aus der Vorkriegszeit sowie von seiner Mini-Pension.

Solange mein Vater als Soldat im Felde war, ging es unserer Familie im Grunde finanziell gut. Er bekam seinen Offiziers-Sold, den kleineren Teil behielt er für sich, der größere wurde in der Heimat seiner Frau ausgezahlt. Als Major konnte er seine Familie angemessen ernähren, und die Aussicht auf eine weitere Karriere ließ für die Zukunft große Wünsche blühen. Damit war es mit der Kapitulation aus und vorbei. Alle Soldzahlungen . Als mein Vater dann aus der Gefangenschaft ausbrach, war er erst einmal vollkommen unversorgt, und mit ihm unsere Familie.

Die Folge war, dass unsere Familie auf die Unterstützung durch meinen Großvater angewiesen war, dessen Studienrats-Pension eine notwendige Geldquelle der Familie wurde. Ohne meinen Großvater wäre unsere Situation dramatisch gewesen.

Insofern bestand auch die Überlebenskunst meiner Mutter nur in halber Eigenständigkeit. Denn finanziell hingen wir an Großvater Atis Tropf. Der öffnete seine Geldschatulle und gab, was er konnte. Wenn er aber seiner Tochter das Haushaltsgeld zusteckte, steckte zwischen den Scheinen sozusagen unausgesprochen immer eine massive Kränkung für meinen Vater, dessen Aufgabe es gewesen wäre, für das Familieneinkommen zu sorgen. Doch das blieb er seiner Familie schuldig. Das hat ihm schwer zu schaffen gemacht und nicht nur das Verhältnis zu meiner Mutter, sondern auch zu meinem Großvater belastet. Mein Vater musste dankbar sein. Das ist kein gutes Gefühl.

Ich kann nur ahnen, wie sehr ihm das alles zusetzte und ihn ausbremste. Der Druck auf ihn wurde immer größer. Nichts klappte. Er blieb arbeitslos, ging stempeln. Das war nur schwer zu ertragen, für alle. Ersatzweise schaffte er sich Arbeit im Hause. Da gab es mehr als genug zu tun. Uns fehlte es ja an allem. Wenn es sein Magen zuließ, versuchte er sich auf verschiedene Weise nützlich zu machen.

Wie sein Vater handwerklich begabt, baute er uns fachgerecht Möbel, durch die unsere Wohnung mit der Zeit ein wohnlicheres Gesicht bekam: Betten, Schränke, Truhen, Tische, Sofa, Sessel, selbst einen Kronleuchter über dem Esstisch. Außerdem bewirtschaftete er den schon bald nach dem Krieg gepachteten Gemüsegarten, der uns sehr half, unsere Essensversorgung zu verbessern und unsere Lebensbedingungen erträglicher zu machen.

Und schließlich fand er, angeregt von den Abstammungsnachweisen der Nazis oder wohl auch von ehemaligen Offizierskollegen, die sich ins Ausland abgesetzt hatten und ihn anfragten, ob er ihnen nicht ihren Stammbaum recherchieren könne, in der Ahnenkunde oder Genealogie ein Beschäftigungsfeld, das nicht nur auf ihn zugeschnitten war, sondern in dem er sich auch mit der Zeit erhebliche Kenntnisse erwarb und je nach Auftragslage Geld in die Haushaltskasse einbrachte. In das dazu nötige wissenschaftliche Handwerkszeug arbeitete er sich ein und verschaffte sich nach und nach in der Fachwelt ein Renommee.

Warum fand mein Vater nicht in einen neuen Beruf? habe ich mich gefragt. Er war jung, er war begabt, er hatte in seinem Arbeitsfeld großen Ehrgeiz bewiesen. Ich glaube, die Art der Beschäftigungen, die kurz nach dem Krieg angeboten wurden, entstanden durchweg im Kleinhandel und in der sich neu orientierenden Wirtschaft. Da waren wirtschaftliche Kreativität, Wendigkeit, Pfiffigkeit und Marktbewusstsein angesagt. Aber Akquirieren, sich Kunden suchen, allseits Beziehungen pflegen – das gehörte nicht zu den Ressourcen meines Vaters. Mein Vater war kein umtriebiger Händler-Typ. Er brauchte, um seine Fähigkeiten zu entfalten, eher klare Aufgaben und Strukturen und Rahmenbedingungen, so wie beim Militär. Oder vielleicht in der Verwaltung. Oder auch in der Wissenschaft.

Am liebsten hätte mein Vater auch jetzt noch studiert, aber er sah wohl keinen Weg, wie er ein Studium und die Versorgung unserer Familie in dieser Lage hätte unter einen Hut bekommen können. Und hätte er danach eine Stelle gefunden? Studieren – das war erst einmal eine brotlose Kunst, und ihrerseits kostspielig. Aber je länger sich seine unklare Situation hinzog, desto mehr raubte sie ihm den Mut. Es war eine Spirale nach unten. Und trotzdem, denke ich im Nachhinein: Vielleicht hätte er es doch hinbekommen. Brachte er uns nicht selbst den etwas derben Spruch bei: Kommst du übern Hund, kommst du auch übern Schwanz? Schade. Wie anders hätte sein und unser Leben verlaufen können!

Elterliche Krisenzeiten

Dieses Kapitel würde ich gern auslassen; aber es hat meine und unsere Gefühlslage etliche Jahre mehr als alle äußeren Umstände beherrscht und durchgeschüttelt, mehr noch als die beschriebenen finanziellen und Berufsfindungs-Schwierigkeiten meines Vaters. Die Ehe meiner Eltern steuerte in eine Krise. Begriffen habe ich das erst viel später, gefühlt habe ich es damals schon.

Als mein Vater aus der Gefangenschaft zurückkam, wollte er seinen Platz als Mann in der Familie wieder einnehmen. Nichts ist verständlicher als das. Beide wollten das, meine Mutter sehnte sich mindestens ebenso danach. Aber so einfach. Bruchlos ging das nicht. Nicht nur wegen der Unfähigkeit meines Vaters, unsere wirtschaftliche Lage zu verbessern. Es betraf auch den Kern der Partnerschaft meiner Eltern, auch wenn meine Mutter die Rückkehr ihres Mannes . Ihre Beziehung musste sich neu justieren. Die Bedingungen hatten sich radikal verändert. Zu viel war inzwischen passiert und anders geworden. Sie konnten nicht einfach da anknüpfen, wo sie aufgehört hatten.
Zuerst, glaube ich, taten im ersten Wiedersehenshochgefühl genau das Richtige: Sie brachten meinen Bruder auf den Weg, ihr viertes Kind. Wäre dieses starke Band nicht gewesen, hätte ihre Ehe vielleicht nicht gehalten. Mein Bruder ist das Kind der glücklich Wiedergefundenen. Mit meinem Bruder bekräftigten meine Eltern ihre Ehe.
Es sind oft gar nicht die schweren Zeiten, die Ehen kriseln lassen. Äußere Bedrohungen und Entbehrungen lassen sie eher zusammenrücken. Erst nach überwundener Strapaze und nach abgeklungenem Schrecken kommen die abgelager-

ten persönlichen Verletzungen ans Licht: „Wie konntest du mir das antun?! Warum hast du nicht...?!" Solche Fragen enthalten umso mehr Sprengkraft, wie die partnerschaftliche Treue gelitten hat. Aus vielen Paarberatungen weiß ich: Ein gärender Partnerkonflikt ist eine der stärksten Lebensbelastungen – so wie eine glückliche Beziehung einer der besten Gesundheitsförderer ist. In diesen Jahren gingen etliche Ehen in die Brüche. Die erzwungenen Trennungsjahre des Krieges, die Angst, das Alleinsein, die nicht gelebten Beziehungswünsche haben vielen Paaren zugesetzt. Nicht alle standen es durch. Aber was Paare auseinanderreißt sind selten die äußeren Katastrophen. Es sind die inneren Katastrophen. Es sind die intimen Fragen danach, ob man noch zueinander steht.

Ich denke, der Keim für die Auseinandersetzungen meiner Eltern wurde noch in der Gefangenschaft meines Vaters gesät. Bald nach der Geburt meines Bruders entfaltete er sich. Meine Eltern begannen zu streiten, erst ab und an, in den nächsten Jahren immer häufiger und heftiger. Sie hielten ihre Themen von uns fern; aber obwohl ich damals nichts verstand, außer dass meine Eltern sich oft nicht gut waren, bin ich überzeugt, dass es die schwelenden Partnerkonflikte waren, die wie ein Damoklesschwert über ihnen hingen. Von ihnen erzähle ich, weil es für mich teilweise Jahre angehaltenen Atems waren.
Denn natürlich haben wir Kinder, wenigstens atmosphärisch, alles mitbekommen. Warum sich meine Eltern stritten, worum es eigentlich ging, erschloss sich mir erst viel später. Es ging natürlich auch um die täglichen Schwierigkeiten, um die Arbeitslosigkeit meines Vaters, um unseren notorischen Geldmangel, um unsere miserable Wohnsituation, um das schwieriger werdende Verhältnis zu unsern Verwandten. Es ging auch darum, wie meine Eltern ihre Rollen neu verteil-

ten. Aber der eigentliche Antreiber ihrer Auseinandersetzungen, davon bin ich überzeugt, war ein anderer. Es war – die Eifersucht; also eben jene alles entscheidende Frage: „Liebst du mich noch? Stehst du zu mir? Willst du mich noch?"

Ihre Liebe und Treue hatten Schaden genommen; jedenfalls auf der Seite meines Vaters. Jenes „Bratkartoffelverhältnis", wie mein Vater sein Techtelmechtel in der Gefangenschaft gern nannte, war offenbar kein Kurzausflug gewesen, sondern ragte noch in die Beziehung meiner Eltern hinein, und, so wenig diese wie immer geartete Beziehung für meine Mutter ohne Belang war, kann es auch nicht stimmen, dass sie für meinen Vater so beiläufig-unbedeutend blieb, wie er uns immer weiszumachen versuchte.

Meine große Schwester hat mir dazu von einer Episode berichtet, von der ich nichts mitbekam, die sie aber völlig verstörte. Ich erzähle sie nicht aus Schlüssellochneugier; schon gar nicht, weil ich meinen Vater oder meine Mutter damit anklagen wollte. Ich war immer überzeugt, dass uns Kinder die intimen Themen unserer Eltern nichts angehen. Ich erzähle es vielmehr, weil es ahnen lässt, dass einerseits die Ehe meiner Eltern Spitz auf Knopf stand, andererseits, weil es für uns Kinder eine Zeit der Angst war. Wir spürten, meine älteste Schwester offen, die anderen von uns indirekt, dass es ums Ganze ging. Es hätte alles ganz anders kommen können. Es muss bald nach der Versteckzeit meines Vaters und der Geburt meines Bruders gewesen sein. Wir waren „die Ahrendsche" wohl gerade losgeworden und hatten unsere Wohnung inzwischen um ihr Zimmer erweitern können; in dem schliefen wir Kinder.

Meine Schwester erzählt, dass sie eines frühmorgens, als sie wie üblich vor allen anderen aufstand, um sich in der Küche ungestört über der Schüssel zu waschen, besagtes Bratkartoffelverhältnis, das, wie sie damals erfuhr, auf den Namen Grete hörte, splitternackt mitten in der Küche antraf - eine wohlgebaute junge Frau, sich ihrer sehenswerten Reize bewusst, aber offensichtlich keineswegs schuldbewusst.

Mehr weiß sie nicht, und mehr wurde ihr, der vielleicht 9jährigen, auch nicht erklärt. Die pikante, offenbar nur der Grete nicht peinliche Szene öffnet allen Phantasien und Spekulationen Tor und Tür. Natürlich frage ich mich nachträglich: Wo war meine Mutter? War sie verreist? Hat sie davon gewusst? War sie womöglich dabei? Und man kann noch viele andere Fragen stellen.

Ich habe damals nichts davon mitbekommen, nur intuitiv begriffen, dass etwas zwischen meinen Eltern nicht in Ordnung war. Erst später konnte ich zwei und zwei zusammenzählen. Es ging meinem Vater nicht bloß um schlichte Bratkartoffeln. Diese Speise war kräftig gewürzt und schmeckte nach mehr. Es ist klar, die Grete hatte Ambitionen. Sie hat mit den Pfunden gewuchert, die sie einzusetzen hatte. Heute denke ich deshalb: Die Ehe meiner Eltern stand auf der Kippe.

Und vielleicht war das noch nicht alles. Als mein Vater in den ersten Jahren nach seiner Rückkehr von Mal zu Mal auf der Suche nach Arbeit unterwegs war und alle möglichen Gelegenheitsbeschäftigungen annahm, blieb er öfter, als meiner Mutter lieb war, über Nacht in Göttingen bei einer Kusine meiner Mutter, Tante Isabell, die sie nicht leiden konnte, mein Vater aber schon. Deren Mann war im Krieg geblieben, und mein Vater verbrachte die Nacht bei ihr, um nicht in der Dunkelheit noch die 10 Kilometer nach Hause fahren zu müssen. Mehr weiß ich darüber nicht, und ich denke auch, gut so. Nur dass es meiner Mutter nicht recht war, weiß ich noch.

Ich habe ihre Verunsicherung gespürt, und es vermehrte meine Unsicherheit. Der Kontakt zu Tante Isabell brach dann später völlig ab (ebenso wie der zur Grete), obwohl sie doch einen Stall voll Kinder in unserem Alter hatte, mit denen wir hätten spielen können. Ich nehme an, dieser harte Schnitt war für meine Eltern die einzige Möglichkeit, um in ihrer Ehe wieder Klarheit zu bekommen. Die Wunden saßen aber wohl tief. Erst viele Jahre später, als sich die Beziehungen längst geklärt und gefestigt hatten, lebte der Kontakt zu Tante Isabell wieder auf.

Vor uns Kindern haben meine Eltern so gut wie nie über ihre Ehe und ihre Beziehungsthemen gesprochen. Sie stritten hinter verschlossener Tür. Offen stand ihre Ehe nie zur Frage. Trotzdem, nein, umso mehr hat mich diese von allen gefühlte, aber unter der Decke gehaltene spannungsreiche Situation zwischen ihnen verängstigt. Und ebenso ging es meinen älteren Schwestern, wie ich später erfuhr. Die Luft in unserer Familie war hochschwanger von Fragen, die keiner aussprach, geschweige denn beantwortete: „Was wird aus unserer Familie? Wie ist stehen Vati und Mutti zueinander? Passiert da was Schlimmes? Weshalb streiten sie schon wieder? Warum sind sie böse? Habe ich oder hat einer von uns was falsch gemacht? Hoffentlich sind sie sich bald wieder gut!"
Am schlimmsten war es, wenn ich nachts von ihrem Schreien aufwachte. Nachts haben sie gestritten; vielleicht auch am Tage, wenn wir in der Schule waren, davon bekamen wir nichts mit. Nachts konnte es nicht ausbleiben, dass ich den Lärm im Nachbarzimmer mitbekam. Der Hellhörigkeit unserer Räume konnte ich nicht entkommen. Meine Eltern versuchten, die Stimme zu dämpfen und schrien sich dann mit einem „Schrei nicht so, du weckst die Kinder auf!" umso lauter an.
Es war die Zeit, als ich mit meinem Bruder in der Küche hinterm Vorhang schlief und meine Schwestern in ihrem klei-

nen Zimmer neben der Küche. Elterliches Schlafzimmer und Küche trennten nur eine Tür, zum Mädchenzimmer hin stand nur eine dünne Wand zwischen ihnen. Sobald es laut wurde, hörte jeder alles.

Ich wachte von ihren wilden Wortgefechten auf, vernahm die scharfen Stimmen, hörte Worte, ohne sie zu verstehen, Manchmal polterte ein Möbelstück. Sie schenkten sich nichts und versuchten sich durch größere Lautstärken gegenseitig zu erreichen, es ging hin und her. Und es ging wohl auch handgreiflich zu. Ich hielt den Atem an und stopfte die Ohren ins Kopfkissen. Innerlich habe ich immer für meine Mutter Partei ergriffen. „Er soll aufhören!" dachte ich, „Er soll aufhören!" Ich denke aber, meine Mutter mischte gut mit. Meist konnte ich erst wieder einschlafen, wenn im Nachbarzimmer erschöpfte Ruhe eintrat. Aber ich hatte immer Angst, es könnte wieder losgehen.

Ob meine Schwestern auch etwas davon mitbekamen, wusste ich nicht. Mein Bruder war noch klein, den schützte sein Babyschlaf. Meine Schwestern, die im Nachbarzimmer in ihren Betten lagen, muckasten sich nicht. Keiner hat darüber geredet. Viel später habe ich erfahren, was ich mir schon immer denken konnte: Sie hörten es natürlich auch. Mit zugehaltenen Ohren lagen sie in ihren Betten und kuschelten sich aneinander. Aber wir haben alle angstvoll geschwiegen.

Meine Eltern verloren uns gegenüber kein Wort über ihre nächtlichen Kämpfe. Sie versuchten nicht, wie andere Paare, ihre Kinder hinein- und auf ihre Seite zu ziehen. Das rechne ich ihnen hoch an. Das war einerseits gut. Es war die Sache meiner Eltern, es ging uns nichts an, was sie für Konflikte untereinander austrugen. Aber genau das hätte mir einer sagen müssen. Doch niemand redete mit mir. Ich hockte, wie jeder von uns Kindern, allein auf meiner Angst. Ich kann mich nicht entsinnen, dass unsere Eltern uns irgendwie beruhigt hätten, etwa indem sie gesagt hätten: „Es hat nichts mit dir, mit euch zu tun." Oder: „Wir bleiben zusammen, wir trennen uns nicht!" Die nächtlichen Aufstände wurden einfach übergangen. Noch jetzt, so viele Jahre danach, muss ich mich schütteln, um die innere Erschütterung von mir abzuwerfen. Es waren gar nicht vorrangig die Streitgefechte, die sie austrugen, die mir Angst machten. Schlimmer als ihre Kämpfe, als der Lärm und die bösen Worte war, dass meine Eltern so taten, als wäre alles in Butter.

Schöne Momente

Unsere Familie war, auch wenn meine Eltern das nach außen hin gerne so darstellten, kein Vorzeigeprojekt. Mein Vater, meine Mutter, wir Kinder – jeder von uns hatte allerlei zu verkraften. Und trotzdem. Es mag sich wie ein schriller Widerspruch zu dem anhören, was ich eben erzählte, und ist für mich dennoch stimmig: Es gab auch viele schöne Momente in meiner Kindheit. Ich habe erst gezaudert. Dieses Kapitel enthält nichts Dramatisches. Soll ich es überhaupt erzählen? Und dann habe ich gemerkt: Ohne darüber zu berichten wäre meine Kindheit nicht komplett.

Mag sein, dass die Fähigkeit, bedingungslos zu nehmen, was da ist, nie so groß ist wie in der ersten Lebenszeit. Kinderaugen sind ohne Vorbehalt. Kinder vergessen schnell, Lachen und Weinen gehen bruchlos ineinander über. Erst später beginnen wir zu hinterfragen, zu vergleichen, zu unterscheiden, zu kritisieren und zu beurteilen. Aus meiner frühen Kinderzeit, vor allem bis zur Einschulung, erinnere ich mich an viele erfüllende Situationen und Erlebnisse. Die schwierigen Jahre lagen noch vor mir.

Meine allererste Zeit war groß. Bis mein Bruder, fünfeinhalb Jahre nach mir, unsere Familie erweiterte, gehörte mir der Platz als Hahn im Korb, auch wenn unsere Eltern großen Wert darauf legten, uns gleich zu behandeln. An Aufmerksamkeit hat es mir in diesen Jahren nicht gemangelt. Immer fand sich eine Hand, an der ich in die Welt marschieren, immer ein Schoß, auf dem ich mich sicher fühlen konnte. Und auch das gehört dazu: Gern bin ich, als ich klein war, auch auf den Schultern meines Vaters geritten.

Schaue ich auf die schönsten Erinnerungen aus meiner Kindheit, leuchten mir sofort die langen Sonntagsausflüge in die nähere Umgebung entgegen. Wir sind häufig gewandert. Die Gegend bot viele Wanderziele. Oft war auch mein Großvater Ati mit von der Partie. Wenn Ati dabei war, durften wir darauf hoffen, irgendwo einzukehren, etwa im Eichengrund, wo es leckeren Schmandkuchen gab, das war der Höhepunkt des Tages.

Die Märsche durch die Felder und Wälder, über Berg und Tal, waren Entdeckungsreisen für mich. Mein Vater und auch mein Großvater haben mir die Natur erklärt. Schaue ich in die Natur, komme ich ins Schwärmen. Ich lernte die Namen der Feldfrüchte und Getreidesorten und was aus ihnen hergestellt wurde, der Büsche und Sträucher an den Feldrändern, der Gräser und Blumen an den Wegen und der Bäume im Wald. Wir sammelten Beeren und Pilze und ich lernte, die essbaren von den giftigen und ungenießbaren zu unterscheiden. Ich lernte auch auf Grashalmblättern zu flöten und aus jungen Eschen Stöcke und Speere zu schnitzen.

Die Natur wurde mir vertraut. Als ich größer wurde, bin ich oft stundenlang allein und mit weiten Sinnen in der Gegend herumgestreunt. Ich kannte in unserm Tal und den umliegenden Wäldern jeden Weg, jeden Pfad, auch jeden Schleichweg und jede Abkürzung. Ich kannte den Wald, den dichten, in dem sich die Tiere verstecken, und den lichten, wo die Maiglöckchen und der unter Naturschutz stehende Seidelbast (und ab und an der seltene Türkenbund) wuchsen. Ich liebte den frischen Buchenwald und den herberen Eichwald, von dessen Blättern man im Frühjahr Maikäfer absammeln konnte und gelegentlich mal einen Hirschkäfer. Ich kannte die Lichtungen und Hochsitze, wo man, wenn man leise genug war, die Rehe beobachten konnte. Ich kannte Himbeersträucher und Brombeerhecken, die Standorte der Walderdbeeren, Schlehen und Haselnüsse, ich wusste, wo die Heckenrosenbüsche standen, von denen wir im Herbst die Hagebutten pflückten. Ich kannte die Holundersträucher, aus deren einjährigen Schösslingen, wenn man mit Draht vorsichtig das Mark herausprokelt, man Blasrohre herstellen kann, und aus dessen Blüten wir den Hollersekt herstellten. Die Natur war für mich ein Füllhorn. Überall gab's was zu finden. Immer kam ich mit ausgebeulten Hosentaschen nach Hause.

Ich weiß noch, wie mir mein Vater meinen ersten Flitzebogen aus jungem Weidenholz geschnitten und gebogen hat. Eigentlich war er noch zu groß für mich. Ich konnte ihn noch nicht selber spannen. Aber ich war stolz wie Oskar. Und noch größer machte es mich, als mein Vater mir einschärfte, nie auf Menschen zu zielen und immer zu beachten, wohin der Pfeil fliegen könnte. Ich habe mir noch viele Bögen geschnitzt, die irgendwann brachen. Ich war stolz als ich herausfand, dass Heckenrosenstöcke, wenn sie stark sind und anfangen zu verholzen, am längsten biegsam bleiben.
Manchmal nahm mein Vater mich auch mit dem Fahrrad mit. Ich saß vorne auf der Stange, unbequemer und härter geht's kaum, aber ich war glücklich. Er nahm mich auch mit, wenn er mit Gießkanne und Gartengeräten zu unserm kleinen Nutzgarten lief, der etwa einen Kilometer entfernt im sogenannten Blassfeld lag, an der Bramme, einem aus dem nahen Wald kommenden schmalen, aber kräftigen Bach. Das war immer ein längerer Fußmarsch für mich, aber ein wunderbarer.
Später konnten wir ein näher liegendes Gartenland pachten, nur ein paar Minuten vom Haus entfernt, an der nicht ganz geruchsfreien Beeke, einem Bächlein, das durchs Dorf floss und auf seinem Weg den ein oder anderen Oberfächenschmutz von den Höfen mitnahm, um bald darauf in die Bramme zu münden. Aus ihr schöpften wir das Wasser

und gossen damit unsere Pflanzen. Zum Bach waren es nur ein paar Meter. Das Gießwasser zu holen, war Kindersache. Wir bauten im Bach mit nicht endendem Eifer einen Damm mit einem Überlauf zum leichteren Schöpfen und mussten ihn immer wieder ausbessern – eine herrliche Arbeit. Unser Nutzgarten war nicht groß, eingefasst mit einem halbhohen Lattenzaun gegen neugierige Hasen, Rehe und Wildschweine, aber groß genug zum Anbau für die wichtigsten Gemüsesorten. In der Gartenmitte hatte mein Vater eine kleine Laube aus Stangen gebaut, an denen Feuerbohnen rankten, und wenn sie schließlich dicht wuchsen, konnte man sich hinter ihnen wunderbar verstecken. Einmal im Jahr haben wir hier gegrillt, das war ein Fest.

Hinter Onkel Georgs Scheune, im sogenannten Schuppen, wo er die landwirtschaftlichen Geräte abstellte, befand sich einer meiner Lieblingsplätze. Hier gab es einen mit Fichtenlatten abgetrennten Verschlag, in dem wir unser Brennholz und unsere Kohlen aufbewahrten. Davor hatte mein Vater Kaninchenställe gezimmert, vier an der Zahl, da hielten wir in jedem der nach vorne durch Maschendraht versperrten, mit duftendem Heu gepolsterten Fächer ein bis zwei Tiere, maximal acht an der Zahl. Für uns waren es Streicheltiere. Wir gaben ihnen Namen und sammelten für sie täglich frische Löwenzahnblätter.
Nur wenn Ostern oder Weihnachten heranrückte, nahte eine fürchterliche Zeit. Dann wussten wir, dass einem oder auch zweien von ihnen das Ende drohte. Einmal wollte ich zusehen, wie mein Vater eins der Tiere erschlug. Er fasste es an den Löffeln und haute dem quiekenden und sich windenden Tier mit Wucht einen Knüppel an den Kopf. Ein Schlag reichte aber nicht. Das Geschrei des Tieres hatte ich noch lange im Ohr. Eine Zeitlang habe ich es strikt abgelehnt, etwas von dem Braten zu essen.

Als ich größer wurde, durfte ich meinem Vater auch beim Holzspalten helfen. Er zeigte mir, wie man den Holzklotz stellen und das Hackholz zum Spalten darauf platzieren muss, um sich nicht zu verletzen. Halten durfte ich es noch nicht. Das Hacken ist nicht so einfach, wie man denkt. Wenn Äste im Holz sind oder man es falsch stellt, kann man sich bös wehtun. Als ich dann selbständig Holzhacken durfte, fühlte ich mich ein Stück größer. Anschließend wurden die Scheite in dem uns zugeteilten Verschlag kunstgerecht aufgebanzt, so dass die Wand nicht ins Wanken kam. Ich hatte das Gefühl: keiner könnte das so gut wie ich. Da lagerte unser Brennvorrat für den Winter.

Ich war immer für die Ofenheizung in der Wohnung zuständig. Das betraf den Küchenherd und den Bollerofen im Wohnzimmer. Ich musste für Anmachspäne und Sprickholz sorgen, musste Holz im Korb und Kohle im Schütter herauftragen und dann das Feuer ohne Qualm entfachen. Leider musste ich auch anschließend die Öfen säubern und die Asche auf den Mist streuen.

Im Übrigen hatten wir Kinder alle möglichen Dienste zu übernehmen, die teils sehr beliebt waren, teils nur knörend von uns übernommen wurden. Um sie gerecht zu verteilen, kam jeder von uns im Wechsel mit allem an die Reihe; also saubermachen und fegen, Tisch decken und abräumen, beim Kochen mithelfen, Geschirr abwaschen, abtrocknen, zum Kolonialwarengeschäft laufen und einkaufen, beim Bauern am anderen Ende des Dorfes Milch holen, im Gemüsegarten Unkraut zupfen und die Pflanzen gießen, und, das Schlimmste von allem, mit Eimer und Schäufelchen auf den Straßen Dung sammeln, den die Pferde und die durchziehenden Schafherden hatten fallen lassen. Den verdünnte und vermischte mein Vater dann mit Stroh und Erde und düngte damit unsere Gartenpflanzen.

Nur die Zuständigkeiten für die Feuerung und das Mithelfen beim Kochen samt Abwaschdienst waren männlich-weiblich verteilt. An den Herd ließen mich die Frauen nicht, und ich ließ sie nicht an die Öfen.

Wir waren eine große Familie, das fand ich immer wunderbar. Bei uns wurde immer viel gespielt. Vielmals saßen wir alle zusammen am Tisch und spielten Brett- und Kartenspiele, Geschicklichkeitsspiele, Schreib- und Denkspiele, Ratespiele, Suchspiele. Wir liebten alle Spiele und alle liebten wir das Spielen. An den Wochenenden spielten wir regelmäßig Karten, erst Quartette, dann Elfer raus und Mogeln, später Rommé und zum Schluss Doppelkopf, immer mit Begeisterung. Als wir Kinder älter wurden, haben wir auch oft untereinander gespielt. Tagelang, wochenlang konnte ich ein bestimmtes Spiel herholen, bis wirklich niemand mehr Lust hatte, mitzumachen. Ich weiß noch sehr gut, wie oft ich mit meinem Bruder, kaum dass er einigermaßen die Zahlen verstand, Monopoly spielte, und dass er manchmal wirklich nicht mehr mitmachen wollte, weil ich eigentlich immer gewann.

Stolz habe ich mit meinem Vater Schach gespielt, wurde darin immer besser und schaffte es auch gelegentlich, ihn zu besiegen. Später bekam ich für die Schule und vor allem für die Busfahrten von meinem Großvater ein Steckschach geschenkt, und wer immer sich greifen ließ, kam nicht um eine Partie mit mir herum.

Ich spielte immer leidenschaftlich und gern. Die ganze Woche über freute ich mich auf den Samstagabend, wenn wir zu meinen Großeltern Ati und Oti ins Nachbarhaus gingen, um Doppelkopf zu spielen. Wir (also genauer gesagt: meine Eltern und mein Großvater) spielten „mit Pott" und um Geld, um ein Zehntel Pfennig, und von dem, was übers Jahr zusammen kam, veranstalteten wir im Sommer ein großes

Würstchengrillen in der Feuerbohnenlaube unseres Pachtgärtchens. Im Doppelkopfspielen konnte ich es bald mit meinem Vater aufnehmen. Immer wollte ich spielen. Ich wollte auch immer gewinnen. Da Doppelkopf nun einmal ein Viererspiel ist, wir aber, ohne meinen Bruder, der noch zu klein war, und ohne Großmutter Oti, die bettlägerig nur zuschaute, aber mit Großvater Ati zusammen auf sechs Personen kamen, mussten immer zwei aussetzen. Das fand ich blöd. Ich konnte es kaum erwarten, wieder dran zu sein. Nebenbei hörten wir im Radio die Sendung „Das ideale Brautpaar" mit Just Scheu und fieberten mit. Oder auch die Insulaner mit Wolfgang Neuss.

Bisweilen spielten wir vor dem Haus auf dem Hof Verstecken und Kriegen oder Völkerball oder Klipp, ein Geschicklichkeits- und Rennspiel. Manchmal kamen viele Kinder aus dem Dorf dazu. Dann tobten da zehn oder zwanzig Dorfkinder auf Onkel Georgs Hof herum, das sah seine Frau nicht so gern, aber für uns war es herrlich, auch, weil wir vier Geschwister bei solchen Spielen meist tonangebend waren.

Am liebsten spielte ich aber, wie schon gesagt, „unterm Schuppen", auf der Hofrückseite, wo wir ungestört herumtoben konnten, nicht weit weg von unserer Wohnung, aber durch das Scheunengebäude abgeschirmt vor den Blicken und Rufen aus dem oberen Flurfenster, an dem jederzeit das Gesicht meiner Mutter erscheinen und „reinkommen!" rufen konnte.

Der Schuppen öffnete sich in die Wiese, auf der standen zahlreiche Obstbäume. Auch das machte das Gelände attraktiv. Mit jedem Obstbaum im Garten war ich per du. Da gab es fast jede Art von Obst: Süß- und Sauerkirschen, Eierpflaumen, Zwetschen, Pflaumen und Reineclauden, und natürlich alle möglichen Apfel- und Birnensorten. Wir durften allerdings nur das Fallobst aufsammeln und essen, aber immer haben wir uns nicht daran gehalten.

Was besondere Feste oder Feiern betrifft, kann ich mich an einen Kindergeburtstag erinnern, den wir bei uns zuhause feierten, und zwar mit mehreren anderen Kindern, was wohl nicht oft vorgekommen ist. Ich weiß noch, wie wir das berüchtigte, wunderbare Schokoladenessen gespielt haben, jenes Spiel am Tisch, wo man der Reihe nach würfelt, und wenn man eine 6 trifft, eine in vielen Lagen verpackte und in jeder Schicht neu verschnürte Tafel aus Blockschokolade in fieberhafter Eile mit Messer und Gabel aufdröseln muss, bis man endlich an den süßen Inhalt gelangt, um sich dann davon so viel es geht („aber nur in kleinen Happen!") in den Mund zu gabeln – allerdings erst, nachdem man sich eine Mütze aufgesetzt, einen Schal umgebunden und Handschuhe angezogen hatte und auch nur so lange, bis der nächste eine 6 würfelt.

Irgendwann, als ich zehn, elf oder zwölf Jahre alt war, hat mir mein Vater die ersten Teile für eine Trix-Modelleisenbahn geschenkt. Jedes Jahr zu Weihnachten kamen dann neue Teile dazu. Natürlich hat sich mein Vater damit auch selbst beschenkt. Wenn das Weihnachtsessen vorbei war, am zweiten Weihnachtstag nachmittags, begannen die Umräumaktionen. Das Esszimmer wurde zur Eisenbahnlandschaft. Wir bauten die Anlage immer größer, bastelten aus Sperrholz, Kaninchendraht und Pappmaschee eine riesige Landschaft mit Tunneln und Bergen, beklebten und bestreuten sie mit eingefärbten Sägespänen, setzten aus Naturmaterialien und Knete gebastelte Häuser, Bäume, Büsche, Tiere und Menschen hinein, bauten Straßen, Brücken, Bahnhöfe und Bahnsteige. Meine große Schwester galt unter uns immer als die Künstlerin. Sie hatte die Ausgestaltung der Eisenbahnlandschaft unter sich. Das Ganze nahm nach und nach das gesamte Esszimmer in Beschlag. Die komplizierte elektrische Verdrahtung lag lange in der Hand meines Vaters. Überhaupt hätte er am liebsten die ganze Zeit allein damit gespielt. Wenn er uns an die Trafo-Regler ließ, war es nicht einfach, keine Fehler und meinem Vater alles recht zu machen, aber trotzdem war es ein Riesenspaß, auf den ich mich das ganze Jahr freute. Die gesamten Weihnachtsferien über durfte die Eisenbahn aufgebaut bleiben. Meine Mutter hat ziemlich darüber gestöhnt, weil ein Zimmer ausfiel und unsere Wohnung noch enger wurde.

Meine Erinnerungen blühen. Meine Backen glühen. War es nicht eine schöne Zeit?

Mein Vater und ich (1)

Nach den schönen Momenten warten nun die bitteren und garstigen auf mich. Wenn ich von dem erzähle, was meiner Kindheit den entscheidenden Stempel aufdrückte, kann ich meinen Erinnerungen die kalte Dusche nicht ersparen. Es geht um meinen Vater und mich.

Das Verhältnis zwischen meinem Vater und mir stand unter keinem glücklichen Stern. Dass ich in der ersten Zeit ohne Vater aufwuchs, dass ich ihn erst mit knapp fünf Jahren kennenlernte – wie viele Kinder, deren Väter irgendwann, zum Teil erst sehr spät, aus der Gefangenschaft zurückkamen –, war gewiss kein guter Anfang für uns. Aber es hätte nicht unbedingt zur Folge haben müssen, dass unser Verhältnis schwierig wurde. Mein Vater hätte sich auch als ein unterstützender, akzeptierender, nachsichtiger Vater entpuppen können. Vielleicht zeigte er mir anfangs auch solche Seiten von sich. Aber je länger desto mehr bekam ich nur noch die strenge, unerbittliche Seite seines Vaterseins zu spüren. Sie hat mir die Wege zu ihm zugestellt und unser Verhältnis ruiniert. Eine liebevolle emotionale Bindung habe ich nie zu ihm entwickelt; oder sollte ich sie einmal gehabt haben, dann hat sie sich verflüchtigt. Das empfinde ich als tiefe Wunde in mir. Ich hätte ihn gebraucht. Aber anders. Ich hätte so gern einen Vater gehabt, der mir wohlgesonnen gewesen wäre; am liebsten eine Mischung aus ihm und meinem Großvater Ati.

Die erste Zeit erlebte ich noch überwiegend als unbeschwert. Dieses Erschrecken ganz am Anfang, von dem ich erzählt habe, das Fremdeln, als er das erste Mal in unsere Tür trat, hatte sich schnell in Nichts aufgelöst. Erst einmal tat es mir nur gut, endlich auch einen Vater zu haben wie die anderen Kinder. In den Anfangsjahren stand ich noch nicht unter seiner Fuchtel, oder sie hat mich noch nicht gedeckelt. Erst mit der Zeit legten sich seine hohen Ansprüche, von denen jetzt zu erzählen ist, wie Blei auf mich.

Dass es meinem Vater nicht gelang, eine regelmäßige Arbeit zu finden, dass er nach anfänglichen Fehlversuchen, die seine Laune nicht aufhellten, von früh bis spät und Tag um Tag zu Hause war, besaß für mich eine fatale Kehrseite. Er hatte mich sozusagen immer im Blick. Gut, er war auch mitseinem Fahrrad unterwegs, ich habe nicht mitbekommen, wohin, oder er werkelte auf dem Boden, wo er sich eine Art Tischlerwerkstatt eingerichtet hatte und uns Möbel baute, oder er machte sich im Gemüsegarten zu schaffen oder er sägte und hackte unterm Schuppen Brennholz. Aber er war doch in allem präsent, konnte jederzeit um die Ecke kommen. Wie gut, habe ich irgendwann gedacht, sind andere Söhne dran, deren Väter zur Arbeit gehen und nicht den ganzen Tag zuhause anzutreffen sind, und nicht wie meiner jeden Schritt, den man tut, mitbekommen können.

Aber ich will der Reihe nach erzählen. Anfangs, in meiner Grundschulzeit, so kann ich mich erinnern, war ich ein ganz normales Spielkind, ein fröhlicher, interessierter, aufgeweckter Bub wie viele andere. Da lag die Hand meines Vaters noch nicht so schwer auf mir. Nach und nach änderte sich die Lage. Je älter ich wurde, desto ungemütlicher wurde mein Leben. Das ist nicht leicht zu beschreiben. Es war eine schleichende Veränderung, wie wenn Kälte hochsteigt. Mein Vater kam sozusagen durch alle Ritzen, er füllte mir alle Spielräume, ich stand immer unter Beobachtung. Jedenfalls empfand ich es so.

Meine Mutter, der bis dahin alle meine Aufmerksamkeit ge-
golten hatte, trat zurück, verlor an Bedeutung für mich. Das
hatte auch gute Seiten. Sie war in ihrem Erziehungsverhalten
ohnehin uneinheitlich und wenig berechenbar; mal sehr zugewandt, mal unvermittelt böse – wenn auch nicht von Dauer. Mein Vater war konsequent und ließ keinen Widerspruch
zu. Er setzte Bedingungen und sorgte dafür, dass sie eingehalten wurden. Mehr und mehr nahm er meine Erziehung in
die Hand.
Zunächst fiel es mir noch leicht, seine Erwartungen zu er-
füllen, vor allem, was meine schulischen Leistungen anging;
weniger allerdings, was jene Vorstellungen betraf, die er von
mir als heranwachsendem Jungen und späteren Mann hatte.
Als ich dann ins Gymnasium kam, steigerte er den Druck auf
mich. Es brachen lange Jahre an, bis zum Abitur, bis ich endlich die Möglichkeit hatte, dem Elternhaus zu entkommen;
Jahre, die ich nicht anders als mit jenem unsäglichen Zwil-
lingspaar traditioneller Klotzpädagogik überschreiben kann,
das in den fünfziger Jahren noch verbreitete Anwen-dung
fand: Er machte Druck, ich hatte Angst.

Die Angst, ihm nicht gerecht zu werden, etwas falsch zu machen, nicht gut genug zu sein, wurde mein täglicher Begleiter. Als lähmendes Gift begann sie sich in mir auszubreiten, sickerte mir in die Poren und nahm mir jede Unbefangenheit. Erst verseuchte sie das Verhältnis zu meinen
Vater, später übertrug sie sich auch auf andere Autoritäten.
Ich spürte es andauernd: Mein Vater war mit mir nicht zufrieden. Ich wurde nicht so, wie er sich das wünschte, nicht
schneidig, knapp-korrekt, zupackend und durchsetzungs-
fähig, oder einfach gesagt: nicht soldatisch, sondern eher
empfindsam und in mich gekehrt. Und je mehr er es sich anders wünschte, desto mehr zog ich mich in mich zurück. Das
hat ihn sehr enttäuscht. Dass es vielleicht gerade seine Härte

und Strenge waren, die kontraproduktiv das Gegenteil dessen bewirkten, was er erhoffte, konnte er nicht sehen. Stattdessen erhöhte er den Druck.

Für mich bedeutete das: Ich musste ständig vor ihm auf der Hut sein. Jederzeit konnte mich sein Ärger, ein Verbot oder irgendeine Maßregel treffen. Es wurde für mich zum Dauerthema: „Wie bekomme ich es hin, dass du mit mir zufrieden bist? Wie kann ich mich dir entziehen und aus dem Wege gehen, wenn ich fürchte, dass du nicht mit mir zufrieden bist?" Mich unsichtbar zu machen, nicht aufzufallen, nichts zu tun, was meinen Vater auf den Plan rufen könnte, das erforderte meine ganze kindliche Findigkeit.
So erfinderisch die Not mich auch machte – sie reichte oft nicht aus. Meinem Vater auszuweichen war nicht einfach. Er ließ mir nichts durchgehen. Trotzdem ist es eine alte Wahrheit: Je mehr Zaunlatten, desto mehr Zaunlücken. Auf unterschiedliche Weise versuchte ich, mich meinem Vater zu entziehen oder mir Spielräume zu verschaffen, in denen seine Zugriffsmöglichkeiten geringer waren.

Als erstes lernte ich mich zu verstecken. Dazu will ich eine kleine Geschichte erzählen, die schon aus meiner Kleinkindzeit stammt.
Es war kurz nachdem die von uns immer nur „Ahrendsche" genannte Frauensperson bei uns ausgezogen war. Wir hatten das von ihr bewohnte gefangene Zimmer in unsere Wohnung integrieren können und zunächst als Kinderzimmer genutzt. Später wurde es dann Wohn- und Esszimmer. Jedenfalls konnte man jetzt von der Küche aus durch das Esszimmer in das elterliche Schlaf- und Arbeitszimmer gelangen, in dem mein Vater je länger desto mehr am Schreibtisch saß. Die ehemalige Verbindungstür zwischen unserer Küche und dem Elternzimmer wurde nicht mehr gebraucht,

meine Eltern hatten sie zugestellt, um mehr Stellfläche an den Wänden zu bekommen. Auf die Elternseite schoben sie das Ehebett, auf die Küchenseite einen Schrank, der aber eine Kleiderhaken-Nische freiließ für Mäntel und andere Kleidungsstücke. Diese nicht direkt einsehbare Nische „hinterm Schrank" liebte ich. Hier fühlte ich mich ein klein wenig unbeaufsichtigt, und man ließ mich dort auch spielen.

Eines Tages hatte ich mich mit Zeichenblock und Buntstiften wieder in meine Lieblingsecke verdrückt, und ein Malstift war mir abgebrochen. Unbemerkt holte ich mir aus der Küchenschrankschublade ein Küchenmesser, ein besonders scharfes, das sollte ich eigentlich nicht in die Finger nehmen, und begann den Stift, wie ich es den Großen abgeschaut hatte, anzuspitzen. Wie es nicht anders sein konnte, rutschte ich ab und schnitt mir tief in den Oberschenkel. Aber ich schrie nicht auf, sondern, schuldbewusst wegen des Messers, lutschte aus Leibeskräften und mucksmäuschenstill den roten Saft aus der heftig blutenden Wunde. Irgendwann fiel es meiner Mutter auf, dass es hinter dem Schrank so ruhig geworden war, sie entdeckte ihr blutverschmiertes Kind und es entstand eine helle Aufregung. Ich weiß nicht mehr genau, wie es weiterging. Einen Arzt hatten wir nicht im Ort. Ich glaube, meine Mutter versorgte mich. Mein Vater schimpfte mich aus. Ich behielt eine lange Narbe fürs Leben zurück.

Was meine schulischen Leistungen anging, konnte ich mich kaum verstecken. Ich stand unter Dauerbeobachtung. In der anfangs noch einklassigen Grundschule war für mich wie für meine Schwestern alles einfach. Lehrer Bolte (er hieß wirklich so) setzte uns in die erste Reihe, wo die Besten saßen, und kümmerte sich um die anderen Kinder. Wir ragten heraus und brachten nur ausgezeichnete Noten nach Haus.

Nur einmal, es war in der dritten oder vierten Klasse, passierte etwas Dramatisches. Ich hatte vergessen, einen in der

Schule begonnenen Aufsatz zu Hause zu Ende zu schreiben und bekam dafür eine „3" ins Heft geschrieben, die einzige „3" in meiner Grundschulzeit. Es war eine unerhörte Katastrophe. Ich wusste es selbst. Ich hatte völlig versagt. Ich habe vergessen, ob ich dafür von meinem Vater Prügel bezog, vielleicht nur Ohrfeigen. Jedenfalls irgendwelche Strafaufgaben. Es war mir eine Lehre fürs Leben. Nie habe ich mein Versagen vergessen.

Die Aufnahmeprüfung aufs Gymnasium und die erste Zeit auf der höheren Schule bildeten keine Hürde für mich. Ich gehörte immer zu den Besten in der Klasse. Aber allmählich zog sich das Netz enger zu. Mein Vater wollte über alle schulischen Leistungen informiert werden.

Wenn wir zum Mittagessen alle zusammen am Tisch saßen, mussten wir der Reihe nach über das, was in der Schule passiert war, Bericht erstatten. Anerkennung gab es nur für gute oder sehr gute Leistungen. Später erzählte mein Vater beiläufig, dass er selber nur ein sehr mäßiger Schüler gewesen und sogar mal sitzengeblieben war. Ich vermute, sein Vater hat ihn deshalb öfter verdroschen. Jetzt wollte er wohl von Anfang an die Zügel für seine Kinder straff halten.

Der Mittagstisch war die heikelste Zeit im Verlauf des Tages. Es gab keine Möglichkeit, ihr zu entkommen. Wir saßen um den länglich-runden Tisch, mein Vater auf der einen Seite, daneben meine Mutter, wir Kinder der Reihe nach auf der anderen, jeder auf seinem festen Platz. Eingehend erkundigte sich mein Vater nach jeder zu schreibenden und geschriebenen Klassenarbeit. Ich verwandte oft alle Phantasie auf die Frage: „Wie kriege ich es hin, dass Vati nicht nach der Schule fragt, nicht nach Arbeiten, Noten und noch nicht erledigten Hausaufgaben?"

Es war ein heimlicher, ungleicher Kampf. Offenes Lügen kam überhaupt nicht in Frage; aber es gab schon einige Tricks, meinen Vater zu überlisten, etwa ihn unmerklich abzulenken, abzuschweifen, nur den harmlosen Teil einer Nachfrage zu beantworten und Bedrohliches unauffällig zu übergehen, ausgiebig von Unverfänglichem zu reden oder mich über Angelegenheiten anderer zu ereifern, überhaupt ein Thema zu entdecken, das in heftige Diskussionen führte; und manchmal auch, mich unauffällig zu machen, wenn er sich gerade eine meiner Schwestern vorgeknöpft hatte. Über die Jahre entwickelte ich solche Strategien, ebenso übrigens wie meine Schwestern, zu beachtlicher Perfektion. Natürlich durften wir erst dann vom Tisch aufstehen, wenn mein Vater es erlaubte.

Am besten, man kam meinem Vater so wenig wie möglich unter die Augen. Gab es zum Beispiel eine Freistunde, dann fuhren meine Schwestern und ich nicht begeistert einen Bus früher nach Hause, wie es alle anderen Schulkinder machten, etwa um länger spielen zu können; sondern wir genossen die Zeit, nicht zu Hause zu sein und lieber durch die Stadt zu schlendern. Wir schwänzten nicht die Schule, sondern das Nachhausekommen.
In der Enge unserer Wohnung gab es kaum Möglichkeiten, unserm Vater auszuweichen. Die Essenszeiten musste jeder von uns überstehen. Darüber hinaus suchte ich immer nach einem guten Grund, nach draußen gehen zu können.
Aber wohin? Da gab es immerhin zwei Orte, an denen ich vor den Augen und dem Zugriff meines Vaters einigermaßen sicher sein konnte. Der erste war – der Lokus.

Ich habe erzählt, dass erst ein längerer Fußmarsch uns zum Örtchen brachte. Man musste eine gewisse Zeit einplanen. Aber das Gute war: man war eine Weile unterwegs und konnte dort verweilen. Ach, wie viele schöne, unbeaufsichtigte Stunden habe ich auf dem Donnerbalken gesessen! Die

Stimmen der Natur, das Rascheln des Windes im alten Nuss-baum an der Ecke, das Zwitschern der Schwalben unterm Dach, das Summen der Bienen und Insekten, die sich im danebengelegenen Blumengarten versorgten, die Geräusche irgendwelcher Arbeiten auf den Feldern im Tal – das war alles Balsam für meine Ohren und mein Kindergemüt.

Das Klo war mein Asyl, ein Erholungsort, ein Ort des Friedens. Hier entsorgte ich auf doppelte Weise den inneren Druck und erfuhr Erleichterung. Es war für mich ein Kraftplatz. Ich habe es nie bedauert, dass unser Abort nicht in der Wohnung lag, wie bei den Klassenkameraden. Mir war das mehr als recht so. Ich habe diesen Ort geliebt.

Der zweite Fluchtort war mein Großvater Ati. Ati und Oti, meine Großeltern, wohnten im Nachbarhaus, knapp 100 Meter entfernt, jenseits der Streuobstwiese, es war ein Katzensprung bis zu ihnen. Zu Ati konnte ich immer kommen. Er war immer da, zumal er auch seine bettlägerige Frau betreute. Mein Vater besuchte meinen Großvater nur sehr selten; außer samstagabends zum Doppelkopfspielen mit der Familie. Bei Ati war man sicher.

„Nach drüben", zu Ati zu laufen, gab es für uns einen triftigen Grund, gegen den mein Vater nichts einwenden konnte: Wir machten dort unsere Schularbeiten. Allein schon, weil uns in unserer Wohnung kein ungestörter Raum zur Verfügung stand. Oft half uns Ati auch dabei. Er war ein äußerst geduldiger Lehrer. Wenn man etwas nicht beim ersten oder zweiten Mal verstand, erklärte er es noch einmal. Ati hörte unsern Kindergeschichten zu. Er baute uns auf, wenn wir nach den harten Befragungen unseres Vaters zu ihm liefen.

Je älter ich wurde und je mehr der schwere Arm meines Vaters auf mir lag, desto mehr wurde Ati zu einem Fluchtort für mich. Meinen Großvater Ati habe ich von Anfang an geliebt.

Mein schönstes Kinderbild, das ich noch heute aufgehängt habe, stammt aus frühen Kindertagen, als wir noch in Münchenbernsdorf wohnten. Es zeigt mich, wie ich auf seinem Schoß sitze und er mich hält. Da fühlte ich mich rundum sicher. Mein Großvater war für mich der innere Gegenpol zu meinem Vater. Bei ihm fand ich, was mein Vater mir nicht geben wollte oder konnte. Während mein Vater mich nach seinem Willen zu drillen versuchte, nahm mich mein Großvater wie ich war. Was hätte ich getan ohne meinen Großvater! Was wäre ich ohne ihn geworden?

Eine große Dankbarkeit fühle ich zu ihm, wenn ich auf jene Jahre blicke, als ich unter der Fuchtel meines Vaters stand. Ati war mein Lichtpunkt. Bei ihm stand die Tür offen, ich durfte kommen, wann ich wollte. Und wenn er auch vielleicht nicht alles nachvollziehen konnte, was mich bewegte, und wenn ich ihm vielleicht auch längst nicht alles weitersagte, was drüben im Nachbarhaus, in der Wohnung seiner Tochter, vor sich ging, war er doch einfach da, mir zugewandt. Was für ein Segen, dass es ihn gab!

Mein Großvater war ein sehr beliebter Lehrer gewesen. Noch im hohen Alter traf er sich Jahr für Jahr mit früheren Schulklassen aus Kassel, die er zum Abitur gebracht hatte. Strenge und Konsequenz oder pädagogisches Durchgreifen waren nicht seine Stärke. Konflikte hat er gemieden. Als Mathematiklehrer wurde er vielleicht nicht besonders geachtet, aber als Mensch geliebt. Es wird von ihm erzählt, dass er es nicht übers Herz brachte, seine Schülerinnen im Abi durchfallen zu lassen. Ab und an soll er ihnen, wie es hieß, bei entscheidenden Arbeiten ein bisschen nachgeholfen haben, indem er falsche Zahlen in richtige korrigiert hätte. Tatsächlich hat er auch uns beigebracht, wie man kaum sichtbar mit dem Federmesser Tinte vom Papier kratzt.

Es gab noch einige andere äußere und innere, aber weniger sichere Fluchtmöglichkeiten vor den Augen meines Vaters. Manchmal habe ich mich auf dem Boden versteckt oder zum Holzholen unterm Schuppen verkrümelt. Manchmal verkroch ich mich hinter einem Buch. Ich entwickelte mich zur Leseratte. Ich wurde mundfaul und verschlossen und tauchte ab in meine innere Welt. Nach außen hin machte ich mich unempfindlich und gleichgültig. Meine Mutter warf mir vor, ich sei dickfellig, träge und phlegmatisch; ich ließe alles an mir abprallen. Sie hatte nur oberflächlich recht. In Wirklichkeit waren meine Sinne ganz nach außen gerichtet, in dauernder Warn- und Alarmstellung.

Fast jede Möglichkeit, aus der Enge unserer Wohnung zu entfliehen, habe ich genutzt. Ich war immer bereit, schnell mal zum Kaufmann zu laufen und etwas Vergessenes nachzubesorgen. Gern ließ ich mich beauftragen, den Großeltern im Nachbarhaus etwas auszurichten.
Zwischen uns Kindern entstand oft eine Rangelei, wer abends nach dem Melken zum Milchholen gehen durfte. Täglich holten wir eine Zweiliterkanne Milch bei Onkel Otto, der durch irgendeine Heirat zu unseren weitläufigen Verwandten zählte. Sein Hof lag am anderen Ende des Ortes, hin und zurück brauchte es seine Zeit. Das war schon mal gut. Aber es gab für mich (übrigens auch für meine Schwestern) noch einen weiteren, viel attraktiveren Grund zum Milchholen. Zum Hof gehörten drei Kinder, die altersmäßig sehr gut zu uns passten, zwei größere Jungen und eine jüngere Schwester. Wenn ich Glück hatte, begegnete ich vielleicht Iris. Sie besuchte mit mir den Konfirmandenunterricht. Iris weckte in mir unbekannte Gefühle. Mit Iris erlebte ich meine ersten wunderbaren Schritte in der Liebe. Aber das ist eine andere Geschichte.

Die Kunst, meinem Vater zu entkommen, habe ich soweit es ging, perfektioniert. Er hatte mich im Blick. Er hat meine Kindheit nachhaltig verändert. Mich traf wohl vor allem das Los des ersten Sohnes. Viel später konnte ich darin auch etwas Positives erkennen: Er war der Mensch, der mich am meisten forderte. Mit ihm habe ich mich innerlich fortwährend auseinandergesetzt. Er wollte für mich das Beste, wollte aus mir einen richtigen deutschen Jungen formen, hart im Nehmen, zäh und flink, pflichtbewusst, korrekt, ordentlich, kurz und bündig. Die ganze Palette der Sekundärtugenden hat er an mir durchexerziert.

Darin blieb mein Vater den Erfahrungen mit seinem eigenen Vater treu, der ihn, wenn nicht womöglich härter als mich, mit der damals üblichen Strenge und natürlich nicht ohne Stock erzog. Auch er hat zu seinem Vater nie ein herzliches Verhältnis entwickelt. Trotzdem hat er es ihm nachgetan, aber zusätzlich überhöht mit den nationalsozialistischen Herren-Bildern einer arischen Familiengestaltung und den Überzeugungen und Umgangsformen, wie er sie täglich im Militäralltag praktiziert hatte: Da paarten sich elterliche Verantwortung und soldatischer Pflichtenkatalog, Vaterstolz und nationale Gesinnung, Kinderliebe und Führergefolgschaft, Familiensinn mit Rassendünkel und arischem Ahnenkult (der ihn noch ins Alter begleitete). Als seinem Stammhalter und Namensträger hat er mir aufgepackt, was diese Zeit der Gelobt-sei-was-hart-macht-Ideologie ihm an Erziehungsvorstellungen mitgab. Er war überzeugt: „Man darf Kinder nicht verzärteln!" Als der äußere Wahn zusammenstürzte, behielt er die inneren Bilder und Vorstellungen unverändert bei.

Dass ich als Kind der Liebe geboren wurde, das meine Eltern glücklich machte, der herbeigesehnte erste Sohn, den sie unbedingt gewollt hatten, bescherte mir auf Dauer kein Glück.

Es war ein janusköpfiges Privileg, verwandelte sich für mich in sein Gegenteil. Viel eher wurde ich, inzwischen aber in anderem Sinne als in der Schwangerschaft meiner Mutter, zum Kind der Angst. Und wenn mich meine Angst auch nicht umgebracht hat, hat sie mich doch meinem Vater gegenüber entfremdet, ja, lange Zeit gegen ihn verbittert. Das war ein hoher Preis.

Die Strafen

Ich bin aufgewachsen mit Strafen. Das ist nichts Besonderes. Strafen galten noch bis in die 60er Jahre hinein in der Erziehung als notwendig. „Strafe muss sein", hieß es in allen Familien und nicht anders in der Schule. Es gehörte zum Großwerden dazu, dass Kinder bestraft und dabei auch körperlich geschlagen und verprügelt wurden: „Das hat noch niemandem geschadet!" Bis heute können sich viele Väter und Mütter von dieser Vorstellung nicht trennen. Strafen scheinen unausrottbar. Sie werden aus Angst geboren (der Angst, als Eltern die Kontrolle zu verlieren) und sie erzeugen wiederum Angst (die Angst, als Kind nicht zu genügen). Es ist eine Teufelsspirale.

Auch meine Eltern haben das Bestrafen und speziell auch die körperliche Züchtigung (wenn sie ein bestimmtes Maß nicht überstiegen) nicht in Frage gestellt. Beides gehörte zu ihrem selbstverständlichen Erziehungsinventar. Mehr noch als meine Schwestern bekam ich es als Sohn zu spüren. Irgendwie hat sich mein Vater aber auch die Zähne an mir ausgebissen. Ich wurde nicht so, wie er sich das vorstellte. Er war überzeugt, mich formen und, wenn's sein musste, auch zurechtschleifen zu müssen. Eine gewisse Härte war seiner Meinung nach dafür unumgänglich. „Wer nicht hören will, muss fühlen!" war eins seiner geflügelten Worte.
Na gut. Schläge tun kurz weh, und dann ist es vorbei. Sie wären vielleicht nicht der Rede wert. Nachhaltiger sind andere Bestrafungen. Aber auch für die gilt: Ein gelegentlicher Gebrauch, im Übrigen von Wohlwollen eingerahmt, tut weh, aber geht vorbei. Nimmt er überhand, bestimmt er das gesamte Klima, dann zerstört er die Beziehung.

Mein Vater war ein Strafkünstler. Je nach der in seinen Augen Schwere des Falles bekam ich böse Worte, letzte Ermahnungen, Anschnauzer, Androhungen, Gebote, Verbote, Sanktionen, Auflagen, Schläge mit der Hand, Prügel mit dem Stock. Natürlich wusste ich meistens, was ich verbockt hatte; aber gelegentlich auch nicht. Es traf mich wie ein Gewitter; manchmal kündigte es sich lange an, wie Wetterleuchten und Donnergrollen, manchmal brach es urplötzlich los. Nicht zu seiner Zufriedenheit erledigte Aufgaben konnten sich im Nu zu Gewitterzellen auswachsen. Unpünktlichkeit ahndete mein Vater mit aller Schärfe, etwa wenn ich nach dem Spielen nicht genau zur vereinbarten Zeit wieder zu Hause erschien. Dazu musste ich immer darauf achten, dass ich die keineswegs von überall aus sichtbare Kirchturmuhr im Auge behielt. Vor allem musste ich bei schlechten Noten immer mit unangenehmen Überraschungen und heftigen Reaktionen rechnen.

War mein Vater mit mir nicht zufrieden, dann entlud sich sein Ärger häufig erst einmal in Ohrfeigen. Mit knallenden Ohrfeigen war mein Vater ausgesprochen großzügig. Er schlug mit rechts. Mein linkes Ohr fiepte dann eine Weile. Umgekehrt kann ich mich an ein besonders Lob von ihm nicht erinnern. Vielleicht tue ich ihm da Unrecht. Aber ich hatte, jedenfalls in den langen Jahren bis zum Abitur, nicht das Gefühl, er betrachte mich mit Wohlwollen.

Wenn etwas vorgefallen war, das meinem Vater nicht gefiel, wenn ich etwa irgendeine Aufgabe nicht gut erfüllt hatte oder mich „danebenbenommen" hatte, wie das bei uns hieß, musste ich meinen Canossagang antreten. Er kam dann nicht zu mir, um mich auszuschimpfen oder meinetwegen auch, um mir etwas beizubringen oder mich zu korrigieren; vielmehr wurde ich zu ihm hinzitiert. Da stand ich dann vor seinem Schreibtisch und musste Bericht erstatten. Er stellte unangenehme Fragen, die eigentlich keine Fragen waren, sondern fertige Urteile und Verurteilungen: „Was hast du dir eigentlich dabei gedacht, dass du …? Wieso hast du nicht…? Was geht nur in deinem Spatzenhirn vor?! Habe ich dir nicht tausend Mal gesagt, du sollst nicht…?!" Ich musste vor ihm strammstehen, die Knie durchgedrückt, die Hände aus den Taschen und seitwärts an der Hosennaht, so wie seine Untergebenen beim Militär vor ihm gestanden hatten.

Viele Jahre später hatte ich dazu ein eindrückliches Erlebnis. Im Rahmen eines therapeutischen Workshops bekam ich eine Art Rolfing-Massage in den Oberschenkeln. Dabei wird die Tiefenmuskulatur durchgewalkt, es tut mörderisch weh. Und während ich da auf der Pritsche malträtiert wurde, spürte ich mit einem Mal eine gewaltige Wut auf meinen Vater in mir aufkommen, die ich gar nicht verstehen konnte – bis ich mich erinnerte, dass ich immer vor ihm strammstehen musste, um mir meine Strafe abzuholen. Meine Muskeln hatten sich die alte Erfahrung gemerkt.

Zahllose Male hat mein Vater mich, bisweilen auch meine Schwestern, zu sich zitiert, hat mich lautstark abgemahnt und eingekürzt und dabei irgendwelche Strafen verhängt. Was er sich an Maßregeln für (oder besser: gegen) uns ausdachte, folgte im Wesentlichen dem abgestuften Katalog der Strafmaßnahmen, wie er sie beim Militär gelernt und praktiziert hatte: einfacher Verweis (also Schimpfe), strenger Verweis (sprich: heftiges Ausschimpfen, eventuell verbunden mit Ohrfeigen oder Prügel), Streichen von angeblichen Vergünstigungen (also die Zurücknahme von irgendwelchen Erlaubnissen, etwa jemanden besuchen zu dürfen), weiter Soldkürzung (das bedeutete Taschengeldsperre), sodann unangenehme Sonderaufgaben, schließlich Ausgangssperre (das hieß für mich: Stubenarrest). Ich kann mit Fug und

Recht behaupten, dass ich jede dieser Maßnahmen ausgiebig kennenlernen durfte.

Mein Vater hat immer geglaubt, das seien die richtigen Instrumente, und ich nehme an, er empfand sie als besonders gerecht. Er kam nicht auf die Idee, sich in seine Kinder hineinzufühlen. Er hat die Welt aus seiner Sicht betrachtet, für den Kinder zu gehorchen hatten wie seine Soldaten. Die Soldaten waren ihm weggebrochen, aber er hatte ja noch seine Kinder und insbesondere seinen Sohn. Auf die Perspektive eines Kindergemüts, das Angst hat, hat er sich nicht eingelassen.

Weinen war für mich nicht angesagt. Ein deutscher Junge weint nicht. Er reißt sich zusammen und beißt die Zähne aufeinander. Also hab ich mir das Weinen verbissen. Eine Memme wollte ich nicht sein. Irgendwann während der Grundschulzeit, ich denke, spätestens mit 8 Jahren, habe ich das letzte Mal vor anderen geweint. Danach sind meine Tränen für viele Jahre versiegt. Hatte mich meine Mutter in schwieriger Zeit als Kind der Schmerzen geboren, so kehrte auch diese Erfahrung auf andere Weise im Gegenüber zu meinem Vater in meinem Leben wieder.

Was konnte ich schon tun? Ich machte mich unempfindlich. Ich lernte, mich mit meinen Mitteln zu schützen. Ich legte mir eine dicke Haut zu. Ich ließ die Schimpfkanonaden meines Vaters an mir abperlen. Die Ohrfeigen brannten nur kurz. Eine verhängte Taschengeldkürzung ließ mich kalt. Der Verlust war klein. Unangenehmer konnten Sonderaufgaben sein. Am härtesten traf mich der Stubenarrest.

Und die Prügel. Vor seinen Prügeln habe ich mich schon gefürchtet. Mein Vater besaß einen lederummantelten biegsamen Rohrstock, den unteren Teil einer alten Peitsche, mit dem malträtierte er mir den Hosenboden. Immerhin, das Hose-Herunterziehen ersparte er mir. Aber er dachte wohl, wenn ich meine Lederhose anbehielt, müsste er kräftiger schlagen, damit ich auch was spürte. Hatte ich mir eine Tracht abgeholt, konnte ich eine Reihe von Tagen schlecht sitzen. Allerdings schlug er mich nie blutig.

Meine Mutter nahm, wenn sie meinte, sie müsste uns Prügel austeilen, wenigstens nur den Kochlöffel, sie schlug auch nicht so gezielt und fest, und man konnte ausweichen und weglaufen. Manchmal wurde das zu einer wilden Hetzjagd um den Küchentisch, bis sie dann nach ein paar halben Treffern aufgab. Mein Vater war unerbittlich. Ich kann mich daran erinnern, dass er auch meine jüngere Schwester einmal mit dem Stock versohlt hat. Ich konnte nichts machen. Erreicht hat er, jedenfalls aus meiner Sicht, nicht viel, vor allem nichts Gutes, nur äußeren Gehorsam. Und Angst.

Mein Vater hat mir oft Prügel angedroht. Wie oft ich sie tatsächlich bezog, weiß ich nicht mehr. Besonders gemerkt habe ich mir jene Male, als ich nicht wusste, warum er mich versohlte. Unvergessen bleibt mir jene Szene, als er mich wohl das erste Mal übers Knie legte. Ich war ein Steppke von höchstens sechs Jahren und habe überhaupt nichts begriffen. Aber innerlich klingt er noch in mir nach, dieser unschuldig-durchtriebene Spottvers, den ich von einem anderen Kind aus dem Dorf aufgeschnappt hatte, mit dem ich mich noch über den Hof marschieren sehe, direkt unter unserm Flurfenster, ich glaube, es waren noch andere Kinder dabei, im Gleichschritt marsch, und wie wir im Takt skandierten: „Parademarsch, Parademarsch, der Hauptmann hat 'n Loch im Arsch!"

Lange dachte ich: das Wort „Arsch" wäre zu schlimm gewesen. Erst viel später begriff ich: Es war der „Hauptmann", den er mir auf keinen Fall durchgehen lassen konnte. Die Verhohnepiepelung des Offiziers traf ihn zentral. Es ging um seine Ehre. Dafür musste er mich wohl nach Strich und Faden vertrimmen.

Oder das andere Mal, da mag ich 8 gewesen sein, als ich in die Veranda-Ecke vor dem Hause gepinkelt hatte. In der Veranda saßen an warmen Sommertagen Kneipengäste. Wieder habe ich nicht wirklich verstanden, warum ich verprügelt wurde. Ich musste dringend, die Veranda war leer, sie war der nächstgelegene Ort, wo niemand sehen konnte, wie ich meinen Zep aus dem Hosenbein zog. Vielleicht hat es Onkel Georg gesehen oder Tante Minna, und sie haben es meinem Vater gepetzt. Der musste dann zeigen, dass er die väterliche Gewalt besaß. Ich wurde nicht gefragt.

Ich hab mir die ungerechten Prügel gemerkt wie ein geheimes besseres Wissen, eine Faust in der Tasche, einen bleibenden Protest, der irgendwie unempfindlich macht gegen die Schmerzen, sich vielmehr von ihnen nährt, den kannst du mit keinem Stock der Welt wegschlagen: „Wenn ich groß bin, pisse ich, wohin ich will!"

Die schlimmste Strafe war für mich, ich sagte es schon, aber nicht, wenn ich Schläge bekam, sondern der Stubenarrest, also wenn er mich zuhause einsperrte und meine Spielzeiten kappte.

Für meinen Vater galt immer die Devise: Erst kommt die Arbeit, dann das Vergnügen. Das Spielen der Kinder verstand er als Vergnügen. Erst müssen die häuslichen Pflichten erfüllt werden, erst müssen die Schularbeiten erledigt sein, dann darf man spielen – soweit dann noch Zeit dafür bleibt. Waren meine schulischen Leistungen in seinen Augen nicht gut genug, kürzte mein Vater einfach meine Spielzeiten.

Was er sich dazu ausdachte, gehört teilweise ins Merkbuch der Absurditäten. Es trug sehr dazu bei, dass ich mich in mich selbst verkroch und nach außen völlig unempfindlich machte. Mehrere Jahre durfte ich nur nachmittags von zwei bis vier Uhr nach draußen zum Spielen gehen, aber nur, sofern ich meine Schularbeiten fertig hatte und natürlich erst nach Erledigung aller Aufgaben in der Wohnung. Diese Zeitvorgaben waren fast gar nicht realisierbar. Die Schule endete um 1 Uhr. Um halb 2 Uhr kam ich zusammen mit meinen Schwestern mit dem Schulbus nach Hause. Dann stand das Mittagessen auf dem Tisch. Das dauerte bis 2 Uhr, konnte sich aber auch, je nachdem, wie die Gespräche verliefen, erheblich länger hinziehen. Danach wurde mit dem vorher auf dem Herd erhitzten Wasser das Geschirr gespült, das dauerte seine Zeit, auch wenn wir uns beeilten. Meine Aufgabe war das Abtrocknen und Wegräumen. In der Regel ging es auf 3 Uhr zu, eh ich mich an den Küchentisch setzen konnte, um meine Schulaufgaben zu erledigen. Nur wenn wir wenig aufhatten, wurde ich vor 4 Uhr fertig. Aber um 4 Uhr endete meine Draußenspiel-Zeit.

Meist blieb mir nur die Möglichkeit, etwa lesend, drinnen zu hocken und mich mit mir selbst oder meinen Geschwistern zu beschäftigen. Dass das Spielen mit den Dorfkindern ausfiel, hat meinen Vater nicht beeindruckt. Aus seiner Sicht schlug er damit zwei Fliegen mit einer Klappe. Zum einen verordnete er mir zusätzliche Lernzeiten, zweitens sah er es auch gar nicht gern, wenn wir mit den Kindern aus dem Dorf verkehrten.

Als ich im Laufe der Mittelstufe in meinen Schulnoten etwas absackte, und besonders, wenn ich eine Klassenarbeit verhauen hatte, hat er mich mit Geboten und Verboten zugepflastert. Immerhin durfte ich trotz Stubenarrest meist noch zu meinem Großvater gehen, um dort meine Schularbeiten zu erledigen. Und bisweilen konnte ich von dort aus unbemerkt ins Dorf verschwinden, aber das war sehr riskant. Hätte mich mein Vater erwischt, hätte es gehörig was gesetzt. Mein Großvater hat mich nie verraten.

Die Strenge und Unerbittlichkeit, die dauernde Kontrolle und die Verbotsorgien meines Vaters erlebte ich wie Jahre im Käfig. Er hielt mich aber nicht nur gefangen, er stutzte mir durch besondere Verbote, die mir alle möglichen Kontakte im Dorf verbauten und von denen ich noch erzählen werde, obendrein die Flügel.

Wo es ging, versuchte ich dem langen Arm meines Vaters zu entkommen. Vor allem nutzte ich alle Möglichkeiten, die mir die kirchliche Jugendarbeit bot, von zuhause wegzukommen. Was immer seitens der Kirche angeboten wurde, nahm ich begierig wahr, Jugendgruppentreffen oder Wochenendfreizeiten etwa. Trotzdem blieben solche aushäusigen Unternehmungen immer nur Ausnahmen.

Konnte ich meinem Vater äußerlich nicht entkommen, blieb mir nur die innere Emigration. So kurios es sein mag: Sie bescherte mir, und das verdanke ich also meinem Vater, ein reiches Innenleben.

Ich begann Tagebuch zu schreiben. Ich vertiefte mich in Bücher. Ich beschäftigte mich mit meiner Gitarre. Und ich träumte. In diesen Jahren hatte ich immer wieder einen Traum. Ich baute ihn nach und nach aus. Ich träumte, ich könnte fliegen, nur ich. Ich stieß mich vom Boden ab, wie man es im Schwimmbad vom Beckenrand tut, und schwamm dann in drei, vier Metern Höhe unter der Zimmerdecke oder manchmal auch noch höher durch die Luft, allein über den anderen, mühelos und unerreichbar. Mit kräftigen Beinstößen konnte ich lenken und Geschwindigkeit aufnehmen. Kein Käfig hielt mich fest. Es war ein schöner Traum.

Meine Mutter

Mit meiner Mutter umzugehen habe ich sozusagen von der Pike auf gelernt. Das war nötig. Sie hat mir, sprunghaft und emotional, wie sie war, des Öfteren Rätsel aufgegeben. Ihre Reaktionen einzuschätzen war eine anhaltende Herausforderung. Nicht eigentlich, dass sie launisch gewesen wäre; sie war einfach so, heute so, morgen anders. Was sie jetzt begeisterte, wurde bald darauf von anderem verdrängt. Als wäre sie immer auf der Suche. Sie ist Zeit ihres Lebens ein emotionales Hüpfkind geblieben. Sie kannte kein Verweilen.

Meine Mutter wollte mich unbedingt bekommen, das habe ich erzählt. Ich fühlte mich immer gewollt. Aber mich bei ihr einzurichten, mir ihre Liebe zu sichern, war eine Art Lotteriespiel. Mal bekam ich von allem im Übermaß, ein andermal erreichte ich sie nicht. Und das, obwohl ich, so bilde ich es mir ein, gefühlsmäßig für sie immer das wichtigste von ihren Kindern war. Es lag nicht an mangelnder Liebe, dass ich mich bei ihr nicht sicher fühlte. Sie konnte nicht anders.

Neben vielem anderen besaß meine Mutter zwei besondere Eigenschaften, die sich miteinander verquickten, die mir und uns allen, jedem auf eigene Weise, erheblich zu schaffen machten.
Zum einen war sie, wie ich schon sagte, ein durch und durch emotionaler Mensch. Sie war schnell begeisterungsfähig und neigte dabei zu heftigen Übertreibungen, konnte aber ihre Begeisterung ebenso schnell verlieren oder auf andere Objekte übertragen. Mit ihr zu diskutieren, war schwierig. Sie sprang unbekümmert von einem zum nächsten Thema. Auch

ihre Gebote und Verbote waren sprunghaft. Beständigkeit und Konsequenz waren Fremdworte für sie.

Das hatte Vor- und Nachteile. Wenn sie sich zum Beispiel über mich geärgert hatte, konnte sie kein gutes Haar mehr an mir lassen, zog über mich her und gab mir das Gefühl, der größte Nichtsnutz, Waschlappen oder Rotzlöffel aller Zeiten zu sein. Und nicht lange danach hatte sie eine meiner Schwestern am Wickel und verschimpfte sie, schalt sie als frech, schlampig, ungehörig oder undankbar, und dann konnte sie den Ärger über mich, der mir noch dicht unter der Haut saß, quasi im Handumdrehen vergessen. Meist zog sie über einen von uns her und hob zugleich die anderen Kinder in den Himmel: „Nimm dir ein Beispiel an deinen Geschwistern!" Aber beides stimmte nicht. Einen abwägenden Mittelweg kannte sie nicht. Sie lebte, ohne dass sie daraus ein bewusstes Programm gemacht hätte, nach der Devise: „Was kümmert mich mein Geschwätz von vorhin?" So verrauchte ihr Ärger meist schnell, das war angenehm. Aber sie war auch nicht besonders verlässlich. Das war unangenehm.

Die zweite Eigenschaft hat indirekt mit der ersten zu tun. Ich denke, ihr fehlte die innere Ruhe, weil ihr die innere Sicherheit fehlte. Zeit ihres Lebens verlor sie eine gewisse Kindlichkeit nicht und fühlte sich leicht überfordert. Das gilt, obwohl sie in den Kriegs- und Nachkriegsjahren gerade lernen musste, allein, ohne ihren Mann, zurechtzukommen und viele Dinge zu regeln, die sie nicht gelernt hatte. Aber den größten Teil dieser Zeit stützte sie sich auf ihre Eltern, besonders auf ihren Vater.

Ich glaube, dass ich intuitiv und von Anfang an diese Unsicherheit in ihr spürte. Und schon sehr früh stellte ich mich in kindlicher Überhebung innerlich vor sie, als müsste und könnte ich sie schützen: „Bist du zu schwach, dann müssen mir die Kräfte wachsen. Ist auf dich kein Verlass, dann muss ich für das Verlässliche sorgen. Ich verlasse dich nicht. Ich verlasse keinen. Wenn du stolperst, bleibe ich stehen, auch wenn mir dein Schwanken selbst den Boden wegzureißen droht." Das waren Gefühle und Einsichten, die ich natürlich erst viel später zu formulieren verstand. Aber ich habe sie immer als stimmig empfunden.

Während meine Mutter äußerlich ihre Kinder und natürlich auch mich versorgte, vertauschten sich in uns, uns beiden nicht bewusst und meinerseits in kindlichem Gewande, die Rollen. Ich fühle es heute nach, es machte mich stärker und größer, als ich war, diese Überzeugung: „Ich muss für dich zur Stelle sein, nicht du für mich. Ich tue für dich alles, Mutti. Ich spüre, wenn du überfordert bist und wenn du nicht mehr kannst, ich lese es dir an den Augen ab, wenn du mich brauchst und wenn ich mich beeilen muss; ich bin bereit, dein kleiner großer Junge zu sein."

Ich habe mich für meine Mutter angestrengt. Ich habe alles getan, um ihr keinen Kummer zu machen. Ich war ein zufriedenes Kind, mit allem einverstanden. Das hat man mir oft erzählt. Ich war kein Schreikind wie meine jüngere Schwester. Die wählte einen anderen Weg. Ich machte es meiner Mutter recht. Ich nahm ihr ab, was sie nicht schaffte. Ich lernte wach zu sein für das, was sie brauchte und dann auch, was andere von mir brauchen – und im Übrigen, mich selbst zu versorgen.

Das waren kindliche Wahrnehmungen und Reaktionen. Wie ich sie konkret als Bub gelebt habe, dafür habe ich kein Bild, außer eben, dass ich ein gut lenkbares, unkompliziertes Kind war. Als Erwachsener habe ich nur den Widerhall meiner kindlichen Gefühle gespürt: dass ich mit meiner Aufmerksamkeit eher bei meiner Mutter (und entsprechend: eher bei anderen) als bei mir selbst war.

Meiner großen Schwester ging es übrigens ganz ähnlich, wie sie erzählt. Sie hat konkretere Bilder als ich. Sie sprang als die Älteste für meine Mutter ein, wo sie sich überfordert fühlte, und erledigte ihre Arbeit. Wenn es meiner Mutter zu viel wurde, Morgen für Morgen als erste aufzustehen, bat sie meine Schwester, sie zu vertreten. Dann blieb sie im Bett und meine Schwester stand vor allen auf, machte erst sich selbst fertig, weckte danach uns andere Geschwister, überwachte, dass wir aus den Betten kamen, uns wuschen, das Zähneputzen nicht vergaßen, richtete uns das Frühstück, passte auf, dass wir uns richtig anzogen und sorgte dafür, dass jeder rechtzeitig den Schulbus erreichte.

Aufgewachsen ist meine Mutter als Einzelkind im bürgerlichen Hause. Eigentlich war sie die Älteste von zwei Kindern. Ihr Bruder, 6 Jahre nach ihr geboren, starb ein paar Tage nach der Geburt. Sein Tod schnitt sicher tief in das Leben der Familie ein, obgleich darüber, jedenfalls mit uns Kindern, nie gesprochen wurde, nicht von meiner Mutter und auch nicht von meinen Großeltern. Ich weiß nicht, warum er nicht leben konnte. In Familienaufstellungen habe ich oft gesehen, wie tiefe Spuren der frühe Tod eines Kindes ziehen kann. Nicht selten wird die verinnerlichte Sehnsucht nach dem Geschwister auch auf die eigenen Kinder übertragen. Vielleicht war ich für meine Mutter nicht bloß der herbeigewünschte erste Sohn, sondern auch die Erfüllung einer unbewussten Sehnsucht nach dem verlorenen Bruder.

Erzogen wurde meine Mutter als eine brave „höhere Tochter", bürgerlich, vorzeigbar und unbescholten, der Stolz ihrer Eltern, ein Mädchen aus gutem Hause und mit dem Bewusstsein, auch dahin zu gehören. Benehmen und Manieren waren ihr immer wichtig. Dafür hatte auch ihre Mutter gesorgt. Als Tochter des geschätzten Studienrats, hat sie ihr Abitur auf der Schule ihres Vaters abgelegt, allseits wohlbekannt, ein frisches, manchmal etwas eigenwilliges und etwas vorlautes, aber von allen gemochtes, unkompliziertes Kind. Den Pfiff ihrer Mutter hat sie nicht geerbt.

Die Eltern schickten sie, wie es unter ihresgleichen üblich war, nach dem Abitur zur Komplettierung ihrer Ausbildung, das hieß für ein junges Mädchen: zur Vorbereitung auf ihre Rolle als Hausfrau und Mutter, und sicher auch mit dem Wunsch, ihr erste eigene Lebenserfahrungen zu ermöglichen, auf einen angesehenen Lehr-Gutshof ins Thüringische. Es war das erste Mal, dass sie für länger, für ein ganzes Jahr, vom Elternhaus entfernt war. Dort lernte sie meinen Vater kennen und ergriff sozusagen die erste Möglichkeit der Liebe.

Ihre Eltern, wohl vor allem mein Großvater, wollten nicht, dass sie einen eigenen Beruf erlernte wie ihre Mutter: „Du heiratest sowieso bald. Wozu ein Beruf? Das hast du nicht nötig!" Diesen Satz hat sie später zitiert. Vielleicht traute er ihr so viel Eigenständigkeit nicht zu. Meiner Schwester hat meine Mutter einmal geklagt, sie hätte auch gern eine Berufsausbildung gemacht. Hätte sie es wirklich gewollt, ich glaube, dann hätte sie es auch durchgesetzt. Aber zu heiraten war doch attraktiver für sie.

Ein Jahr lang lernte sie mit Erfolg die Regeln der Haushaltsführung, Kochen, Backen und Vorratshaltung, und übte sich in Tischsitten, Anstand und Benimm. Bei den Benimmregeln ließ sie uns nichts durchgehen. Von ihren Kochkünsten haben wir sehr profitiert. Auf die Kochfähigkeiten meiner Mutter lasse ich nichts kommen.

Auf ihre Rolle als Ehepartnerin und Mutter war sie weniger gut vorbereitet. Da folgte sie ihren Gefühlen. Die konnten, so habe ich es oft erlebt, sehr schnell wechseln.

So gut sie den Kochlöffel beherrschte, wenn sie in Töpfen rührte, so ungenau führte sie ihn, wenn sie ihn zum Verhauen ihrer Kinder schwang. So gut sie uns all die Jahre bekochte und versorgte, so uneinheitlich und unberechenbar gestaltete sie ihre Beziehungen. Ihre Impulsivität und emotionale Sprunghaftigkeit waren immer für Überraschungen gut. Ihr Lob und ihre Zustimmung erschienen mir oft genauso überzogen wie ihre Urteile und Verurteilungen. Man konnte sich nicht darauf verlassen.

Ich glaube, mein Vater hat die Emotionalität meiner Mutter, die ihm selbst abging, geliebt. Aber er hat auch unter ihr gelitten. Meine Mutter konnte strapaziös sein. Wenn sie in Fahrt kam, fegte sie über jeden hinweg. Wenn sie etwas unglaublich fand, bekam sie weit aufgerissene Augen, das kenne ich auch von mir, wir nannten es später immer den „Mutterblick". Mein Vater versuchte behutsam, ihre emotionalen Ausgriffe zu entschärfen. Die Rollen waren eindeutig verteilt: er der Kopfmensch, meine Mutter der Bauchmensch. Zur Klärung von Sachverhalten trug sie nicht viel bei. Ihr Beitrag war das Gespür, wie der gefühlsmäßige Wind wehte.

Aber wie auch immer: Eine langweilige Mutter hatte ich nicht. Bei uns war immer was los. Wir Kinder haben durch die Bank nicht nur ihre Emotionalität ertragen, sondern sie auch von ihr geerbt. Bei uns am Tisch ging es immer hoch her, wir diskutierten allesamt mit Leidenschaft, engagiert und kontrovers, bisweilen verbissenen und mit rotem Kopf. Aber dass bei uns immer so viel Gefühl durch den Raum waberte, war natürlich auch für alle anstrengend. Immer konnte etwas passieren, aus heiterem Himmel. Vor einem Gefühlsausbruch meiner Mutter waren wir nie sicher. Zum Glück war er meist nur von kurzer Dauer. Er fegte herein wie das Wetter an der Küste: Eben noch stehst du im Prasselregen, aber dann reißt der Himmel wieder auf und ebenso plötzlich wärmt dich die Sonne.

Mit meiner Mutter verbinden mich höchst ambivalente Gefühle. Sie war zunächst meine natürlichste Vertraute. Aber ich merkte bald, dass ich besser daran tat, nicht auf sie zu bauen. Wenn ich etwas getan hatte, was ich nicht durfte, drohte sie meist, es meinem Vater zu sagen. Manchmal tat sie es, manchmal nicht. Und auch das Umgekehrte gab es; sie versprach, mich vor dem Zorn meines Vaters zu schützen und etwas nicht zu melden und tat's dann manchmal doch. Sie war einfach keine sichere Bank.

Ich weiß noch und fühle es noch nach, wie sehr sie mich bisweilen enttäuschte. Da hatte ich zum Beispiel etwas versiebt oder angerichtet, und ich wusste genau, was ich von meinem Vater zu erwarten hatte, wenn er es erführe, und, im Gefühl, ich hätte meine Mutter auf meiner Seite, bat ich sie flehentlich: „Erzähl es aber bitte Vati nicht!" Dann kam es vor, dass sie es ihm doch weitersagte. Meine Geheimnisse waren nicht gut bei ihr aufgehoben. Sie hat mich bedenkenlos verraten und tief enttäuscht. Aber sie tat das nicht, um mich zu bestrafen oder aus irgendeiner Gehässigkeit. Sie folgte einfach dem, was ihr im Moment richtig schien.

Es war eine schwierige, bittere Einsicht: Ich kann mich nicht auf meine Mutter verlassen. Sie war einfach nicht sicher berechenbar. Ich glaube, es gibt nur wenig, was mein Leben so nachhaltig beeinflusst hat wie diese Erfahrung mit meiner Mutter. Sie hat mich, je älter ich wurde, von ihr entfernt. Ich ging emotional zu ihr auf Abstand. Schließlich schwor ich mir: „Dir erzähle ich nichts mehr!" Wohl oder übel lernte ich, für mich selbst zu sorgen und Intimes lieber für mich zu behalten. Und weil mir auch zu meinem Vater das nötige Vertrauensverhältnis fehlte, fiel er ebenso als Gesprächspartner aus.

Ich begann zu Hause zu verstummen.

Vom Geld, vom Sex und täglichen Leben

Ich muss jetzt vom Geld reden. Vom Geld redet man in unseren Landen nur dann, wenn man keins hat. Ich kann gut drüber reden. Geld war meine ganze Kindheit hindurch in unserem Hause Mangelware. Das hat unser Familienleben geprägt. Aber ich habe es meinen Eltern nie übel genommen, dass kein Geld da war. So wurde ich groß. Immer lebten wir äußerst sparsam. Jeder Pfennig wurde gezählt und von der Straße aufgesammelt. Für einen Pfennig konnte ich beim Kaufmann immerhin ein Himbeer-Lutschbolchen kaufen.

Es drehte sich bei uns oft ums Geld. Aber sosehr es meine Eltern beschäftigte und wohl auch Thema mancher Auseinandersetzung zwischen ihnen war – für uns Kinder spielte es keine große Rolle. Wir Kinder waren sowieso Habenichtse. Immerhin: jeweils zum Monatsanfang bekamen wir, ich möchte sagen feierlich, Taschengeld ausgezahlt. Genau betrachtet war das nur ein symbolischer Akt.

Das erste Taschengeld bezog ich in der Sexta, also der 5. Klasse, nachdem ich aufs Gymnasium gewechselt war. Da gab es monatlich 1 DM. Mit Erreichen der Untertertia, also der 8. Klasse, steigerte sich das Taschengeld auf 2 DM, und mit Eintritt in die Oberstufe (Obersecunda) auf 3 DM, um endlich in der Oberprima, der 13. Klasse, auf 3 Mark 50 vorzustoßen – immer monatlich.

Zugegeben, selbst wir empfanden das nicht als übermäßig üppig. Meine Klassenkameraden bekamen in der Regel sagen wir mal das Zehnfache. Aber wir nahmen es hin. So war es bei uns. Mehr war nicht drin. Unsere Wünsche passten sich an.

Für täglichen Klünkerkram, wie man bei uns Bonbons, Schokolade oder Kekse nannte (anderes gab es noch nicht), war kein Geld da. Ich habe auch nie großes Verlangen danach entwickelt. Mein Naschfavorit war Obst. Ein Portemonnaie benötigte ich nicht.

Abgesehen von unserm Taschengeld bekamen wir von unsern Eltern nie Geld außer der Reihe. Unser Großvater Ati steckte uns hin und wieder eine Mark zu, ebenso unsere Urgroßmutter Miechen, eigentlich O-michen, wenn wir sie in Göttingen in ihrem Wohnstift besuchten. Sie konnte sich nicht mehr bewegen, saß immer im Ohrensessel und ließ sich gern unsere eifrigen Kindergeschichten erzählen. Wir besuchten sie gern.

Mein Großvater war es auch, der uns ein bisschen Geld zusteckte, wenn Kirmes war und die Buden vor dem Haus standen. Ich erinnere mich noch gut an die patiencekartengroßen 50-Pfennig- und 1-Markscheine, die es bis zur Währungsreform Mitte 1948 noch gab. Was wir von unserm Großvater zugesteckt bekamen, war nicht viel, es reichte vielleicht für ein paar Fahrten mit dem Kettenkarussell oder, zusammen mit einem großen Jungen, in der Schiffschaukel, außerdem für eine Papierblume und eine Lutschstange.

Nur zu Weihnachten trauten wir Kinder uns, Wünsche zu äußern. Hatten wir sonst ein Anliegen, das Geld kostete, mussten wir uns das nötige Geld selbst verdienen und in der Regel lange sparen. Das ging fast nur in den Ferien. Außer im Frühling. Da gab es eine besondere Möglichkeit, im Dorf Geld zu verdienen: beim Rübenverziehen.

Das Rübenverziehen vereinte die Dorfjugend im April-Mai auf den Runkelfeldern der Bauern. Dass wir uns damit etwas Geld zusammenverdienen konnten, war die eine Sache, vielleicht nicht einmal die wichtigste. Das Arbeiten auf den Feldern besaß nämlich noch eine ganz andere Attraktivität. Es eröffnete mir einen ersten Einblick in die Welt des Sexuellen.

Das Rübenverziehen ging so: Die Kinder rutschten in längerer Reihe nebeneinander auf Knien über den Acker, die Saatreihen entlang, und rupften alle überzähligen schwächlichen Pflänzchen aus, so dass, im Abstand von vielleicht 25 Zentimetern, nur die kräftigsten stehen blieben. Die ganz großen Kinder nahmen vier Reihen auf einmal, die Größeren drei, die Kleineren zwei, die Anfänger eine Reihe. Gefolgt und überwacht von einem erwachsenen Aufpasser, schob die Kinderschar sich in breiter Reihe Meter um Meter über den Acker.

Wenn gerade kein Erwachsener in der Nähe war, erzählten sich die großen Kinder oft schweinische Witze (oder was sie dafür hielten), die sie von den Erwachsenen aufgeschnappt hatten. Leider habe ich keinen von ihnen behalten. Aber es war ungeheuer aufregend, meine Phantasie blühte. Ich bemühte mich nach Kräften mitzukichern, obwohl ich das meiste nicht verstand. Viel zu fragen war aber nicht ratsam, um nicht als Kleiner ausgelacht und gehänselt zu werden.

Zu Hause las ich dann, wenn mich niemand beobachtete, in Knaurs Universallexikon, dem Nachschlagewerk im Hause, die Ausdrücke nach, die ich nicht verstanden hatte, und suchte von Querverweis zu Querverweis nach weiteren Stichworten. Die meisten Ausdrücke standen leider nicht im Lexikon. Aber schon ein Wort wie „Trieb" oder „brünstig" oder „Brüste" oder „Orgie" löste in mir heftige Phantasien aus.

Als ich in den Konfirmandenunterricht kam, sprach sich schnell herum, dass es ausgerechnet in der Bibel sogenannte „Stellen" gab, man musste sie nur finden. Ich habe viel drin herumgelesen. Sie waren mühsam zu finden. Wenn ich eine halbwegs aufregende entdeckt hatte, nahm ich sie mit in den Unterricht, sie machte wie ein Lauffeuer die Runde und ruinierte die Disziplin.

Es geisterten allerlei wilde Gerüchte und sexuelles Viertel-wissen durch unsere Köpfe, aber da die Erwachsenen das Thema konsequent aussparten, war es schwer, an Informationen zu kommen. Später, nach der Konfirmation, nachdem ich mich in der evangelischen Jugend zu engagieren begann, steckte mir unser Jugendwart den in frommen Kreisen her-umgereichten Ratgeber von Theodor Bovet mit dem Titel „Der werdende Mann" zu (es gab auch noch ein Pendent für die Mädchen, das hieß: „Die werdende Frau"). Bovet galt als liberal. Da wurden endlich all die Dinge angesprochen, die mich brennend interessierten, zu denen aber sonst niemand etwas sagen wollte. Hier stand es nun schwarz auf weiß, dass Onanieren eigentlich nicht im Sinne der Schöpfung, aber letztlich, sozusagen für den Notfall, zu dulden sei; dass zwar eine übermäßige Praktizierung nicht zu Knochen-marksschwund und Zeugungsunfähigkeit führen würde, aber der ehelichen Liebe ganz abträglich sei. Ich lernte auch, dass Geschlechtsverkehr vor der Ehe gar nicht ging. Die Menschen seien für die Ehe geschaffen, so sei es Gottes Wille, dafür passe auch alles zusammen. Ich lernte sozusagen als Geheimwissen, ich bin mir aber nicht sicher, ob aus diesem Buch oder von einem anderen angeblichen Sexualkenner, dass Frauen ebenfalls, aber viel langsamer, einen Orgasmus bekämen, dass der Mann dafür zuständig sei und wie man, wenn man nur intensiv die Vorstellung übte, beim Liebesakt ganz zart über eine Kerzenflamme zu blasen, seinen Orgas-mus hinauszögern könne, bis er mit dem der Ehefrau zu-sammenfällt. Das alles las und hörte ich begierig wie eine Offenbarung – und merkte erst später, wie die fromme Moral nicht nur die Feder, sondern auch die Leser auf den Leim geführt hatte.

Zurück zum Thema Geld. Mein Vater hat uns immer einge-schärft: „Ich bringe euch bis zum Abitur, danach müsst ihr selber für euch sorgen!" Mir war es gar keine Frage, dass ich später mein Studium selbst zu finanzieren hätte.

Es war aber selbstverständlich, dass wir vier Kinder in Göttingen aufs Gymnasium geschickt wurden. Das kostete Geld. Zuerst einmal musste die Busfahrkarte bezahlt werden. Sodann brauchten wir Schulbücher, das war für meine Eltern eine erhebliche Belastung. Immer haben wir zunächst versucht, gebrauchte Exemplare zu bekommen. Klassenfahrten und schulische Unternehmungen, die etwas kosteten, stellten immer ein Problem dar. Wenn es offiziell angeboten wurde, nahmen meine Eltern Zuschüsse oder Ermäßigungen in Anspruch, aber auf fremde Hilfe angewiesen zu sein, erlebten sie wie ein Betteln-Gehen. Sie schämten sich, ich schämte mich auch. An manchen Veranstaltungen konnten wir deshalb nicht teilnehmen, mussten krank zu Hause bleiben. Wie wenig Geld uns zur Verfügung stand und dass mein Vater keiner regelmäßigen Erwerbsarbeit nachging, versuchten sie, soweit es ging, geheim zu halten.

Es kostete auch Geld, uns Kinder einzukleiden. Was immer möglich war, wurde von meiner Mutter selbst hergestellt und nicht gekauft. Stoffe kaufte sie möglichst günstig vom Ballen und schnitt sie dann zurecht. Meine Mutter nähte mit der Hand und mit der Maschine, strickte, häkelte, stopfte. Das jeweils jüngere Kind musste auftragen, was für das Ältere zu klein geworden war. Unsere Kleidung wurde immer wieder umgearbeitet, gekürzt oder verlängert, repariert, passend gemacht und so lange aufgetragen, bis wirklich nichts mehr zu flicken war. Ich lernte mit eigentlich ausrangierten Kratzhemden und selbstgestrickten, kitzelnden Strümpfen und Wollunterhosen zu leben, ich musste diese ekelhaften ererbten langen Nachthemden anziehen, die sich immer um Leib und Beine verkrumpelten. Ich musste alte, unbequeme Sachen auftragen, musste Leibchen anziehen und selbstgestrickte, juckende Pullover. Ich bekam Jacken oder Mäntel angezogen, die eigentlich noch zu groß für mich waren, aber in die ich hineinwuchs. Es half kein Protest und Geschrei, meine Mutter wusste, was für mich gut war. Die Kleidung musste warm sein, sauber und heil, allenfalls praktisch, wie die Lederhose. Aber nicht bequem. Und schon gar nicht modisch. Natürlich trug ich eine Lederhose mit Brustgurt, sie war mehrere Jahre noch zu groß für mich und eigentlich zu steif, aber hatte den großen Vorteil, dass sie alles aushielt und nicht kaputt ging. Und an der Seite hatte sie eine extra Stecktasche für meinen Dolch. Das war wichtig.

Das Geld, genauer gesagt: das äußerst knappe Geld steckte unserm Alltag schmale Grenzen. Erst im Nachhinein habe ich gespürt, wie stark mein Handlungsspielraum eingeschränkt war. Das Leben besteht bekannterweise zum größten Teil aus Gewöhnung. Ich gewöhnte mich an die Enge der Wohnung, an die Waschbedingungen über der Schüssel, an die Kloausflüge. Ich gewöhnte mich daran, am Küchentisch zu arbeiten, sofern er frei war. Ich gewöhnte mich an meinen Schlafplatz im Stockbett in der Küche hinterm Vorhang, der mich doch ein wenig schützte, so dass ich abends nach dem Insbettgehen, natürlich verboten, unter der Decke versteckt, mit der Taschenlampe Karl May lesen konnte. Das tat meinen Augen nicht wirklich gut. Mit Beginn des Studiums brauchte ich eine Brille.
Ich gewöhnte mich daran, dass mir zur Aufbewahrung meiner überschaubaren Habseligkeiten nur ein kleines Fach zur Verfügung stand. Mein Vater hatte uns Kindern dafür ein sogenanntes Spieleschränkchen gebaut. Es war 1 Meter 20 breit und passte in der Höhe gerade unter die Fensterbank des Küchenfensters. Es hatte vier gleichgroße Fächer, jedes 60 Zentimeter breit, 25 Zentimeter tief und, durch einen Einlegeboden unterteilt, etwa 35 Zentimeter hoch. Die Fächer, für jedes Kind eins, wurden durch Schiebetüren aus Hart-

faserpappe versperrt und besaßen natürlich kein Schloss. In ihnen verstaute jeder von uns seine Schätze.

Meine Kostbarkeiten passten problemlos hinein: Ich besaß ein paar Bücher, ein altes Robinson-Buch mit Bildern, die Schatzinsel von Stevenson, die drei Winnetou-Bände und einige andere Jungenbücher; die meisten habe ich vielmals gelesen. Ich besaß außerdem mit der Zeit mehrere Kosmos-Jahrbücher und meine Ensslin-Jugendkalender. Die anfangs noch dort verstauten Bilderbücher aus Kindertagen wanderten weiter zu meinem Bruder.

Mein wichtigstes Eigentum war mein Dolch in einer Lederfellscheide sowie ein paar Gegenstände, die ich gebastelt oder geschnitzt hatte, Schiffchen aus Borke zum Beispiel oder Pfeifen; eine Zwille und eine Kirschkernpistole, die ich aus in Streifen geschnittenen, ausrangierten Autoschläuchen bastelte, mit der man immerhin drei oder vier Meter schießen konnte; einige Steine und Murmeln lagen in meinem Fach, Knete, Buntstifte, ein Tuschkasten und ein Zeichenblock. Die Schulsachen blieben im Ranzen, der zusammen mit denen meiner Schwestern hinterm Kleiderschrank am Haken hing.

In meinem Fach verwahrte ich auch mein Zuckerkästchen. Das Zuckerkästchen war mein stilles Aufbegehren gegen den Mangel. Es bestand aus einer ehemaligen, von meinem Großvater geerbten Zigarrenkiste, in der ich, gebettet in Zucker und abgedeckt mit Watte, Schokolade aufbewahrte, die ich als Anteil aus irgendeinem Weihnachts-Carepaket von Tante Daisy oder Tante Loraine zugeteilt bekommen hatte. Ich konservierte sie dort nicht tage- oder monate-, sondern jahrelang, betrachtete sie gerne und mit Genuss als meinen Schatz, als die jederzeitige Möglichkeit, im Überfluss zu schwelgen, während alle andern darben müssten.

Die Care-Pakete unserer Tanten, Daisy und Loraine, Kusinen meines Großvaters, mit denen er in gelegentlichem Briefkontakt stand, deren Familien schon Mitte oder Ende des neunzehnten Jahrhunderts nach Kanada auswanderten, waren in den ersten Jahren nach dem Krieg das Größte. Immer zu Weihnachten erreichten uns zwei schwere, dicht bepackte Pakete. Das waren riesige Wundertüten. Alle standen wir im Kreis um den Küchentisch, wenn meine Eltern sie öffneten und eine Kostbarkeit nach der anderen heraushoben. Anschließend folgte das Aufteilen; Gerechtigkeit spielte dabei eine ganz große Rolle. Immer wenn es etwas bei uns zu verteilen gab, passten acht Luchsaugen auf, dass alles gerecht zuging.

Natürlich fehlten uns die Möglichkeiten, in die Ferien zu fahren. Meine Eltern sind niemals, solange ich zu Hause wohnte, in Urlaub gefahren. Ferien waren für uns keine Wegfahrzeiten, sondern Wochen, in denen die Schule ausfiel, herrliche Unterbrechungen, in denen wir den ganzen Tag Zeit zum Spielen hatten. Nur wenn mein Großvater uns mitnahm nach Bremerhaven, wo sein Bruder einen Hut-, Hemden- und Krawatten-Laden besaß, bekamen die Ferien einen besonderen Höhepunkt. An seiner Hand bestaunte ich die Riesenschiffe, die am Kolumbus-Kai anlegten, oder besuchte, am liebsten jeden Tag, die Tiergrotten, einen Meerestiere-Zoo direkt am Kai, und sah zu, wie die Wärter die Robben fütterten.
Nur Tante Erna, die den Laden mit in die Ehe gebracht hatte, konnte mir meine Ferien ziemlich erschweren. Sie wusste ganz genau, obwohl sie zum Glück kinderlos blieb, wie man mit Kindern zu verfahren hat. Nachts musste ich unter einem viel zu stark aufgefüllten Federbett liegen, das wie ein Berg auf mir lag, aber aus dem die Füße herausragten. Zum Frühstück gab's immer diese Himmel-und-Hölle-Brötchen (aber

nur eins, das reicht!), bestehend aus einer sehr dünn mit Margarine bestrichenen Wasserbrötchen-Hälfte, darüber eine Lage Fließ-Honig (der durfte mir aber nicht auf Hemd oder Hose, und schon gar nicht aufs Tischtuch tropfen!) und obenauf diese bittere, fast schwarze, nur mit Tränen in den Augen herunterzuwürgende Pumpernickelscheibe, das sollte gesund sein. Tante Erna teilte mir alles Essen zu. Es wurde gegessen, was auf den Tisch kam, und es musste aufgegessen werden. Aber sie war keine gute Köchin. Überhaupt, fand ich, hat Onkel August, den ich sehr mochte, einen ziemlich hohen Preis für den Laden bezahlt.

Selbstverständlich gab es in unserer Wohnung kein Telefon; und erst recht auch keinen Fernsehapparat. Wir telefonierten nicht. Die Post errichtete Ende der 40er Jahre ein Telefonhäuschen im Dorf, schräg gegenüber von unsrem Hof; aber es wurde meiner Erinnerung nach von uns nur äußerst selten genutzt. Den ersten Fernseher mit Zimmerantenne schafften sich meine Eltern Mitte der 60ger Jahre an, da war ich längst aus dem Hause.
Wir konnten uns natürlich auch kein Klavier leisten, obwohl es immer mein großer Traum war, Klavier spielen zu lernen. Aber unser Klavier war nun einmal ausgebombt. Ersatzweise, weil es das billigste Instrument war, schenkte mir mein Großvater eine 40-Mark-Klampfe zu Weihnachten. Ich schätze, da war ich zwölf. Mit der habe ich mich dann intensiv befreundet. Als bald darauf meine Jugendgruppenzeit begann, hatte ich meine Gitarre immer dabei.
Das größte Geschenk meiner Kindheit war das heiß gewünschte, langersehnte Fahrrad, ein Rixe-Dreigangrad. Ich bekam es zur Konfirmation geschenkt, und mein Großvater hatte dazu tief in die Tasche gefasst. Es war wirklich ein ganz großes Geschenk. Mich aufs Fahrrad zu schwingen, machte mich zum König. Es erschloss mir ganz neue Wege und Ge-

genden, war wie das Öffnen der Gefängnistür. Jetzt konnte ich auch außerhalb der Busfahrzeiten in die Stadt und abends über den Berg ins Nachbardorf zur Gruppenstunde fahren.

Die schwierigen Lebens- und Wohnbedingungen, die begrenzten Möglichkeiten, die nicht erfüllten Wünsche, unter denen ich aufwuchs, habe ich als gegeben hingenommen. Aber wollte ich sie nur als die Merkmale unserer Armut und des Mangels beschreiben, würde ich ihnen überhaupt nicht gerecht. Denn zugleich habe ich sie auch als Ausdruck eines Reichtums erlebt, der uns einerseits erfinderisch, andererseits widerstandsfähig machte und den Dingen, die wir besaßen, einen größeren Wert gab. Unsere Begrenzungen waren eine Herausforderung, aus dem, was da war, etwas zu machen. Wir kauften keine Spielsachen, wir bastelten sie uns selber und besaßen zu unsern Produkten eine innere Beziehung. Wir waren nicht von Wegwerfdingen umgeben.
Trotzdem blieben die Verzichte meiner Kinderzeit nicht ohne Wirkung auf mich. Ich glaube, versteckt unter allen Beschränkungen keimte da in mir auch eine heimliche Sehnsucht nach Fülle, nach Lust, ja dionysischer Maßlosigkeit. Immer habe ich mir gewünscht, einmal nicht nachrechnen zu müssen, mich nicht beschränken zu müssen, mich in der Wohnung auszudehnen, mir ab und an zu gönnen, was das Herz braucht, auch mal etwas Unnützes. Immer wollte ich gern großzügig denken, weitherzig schenken, reichlich bewirten und manchmal unvernünftig schlemmen.

Vom Essen

Apropos schlemmen. Viel zu essen gab es in den letzten Kriegs- und ersten Nachkriegsjahren nicht. Aber wir mussten nicht ernsthaft hungern. Von außen betrachtet war unsere Ernährung schlicht, aber irgendwie reichte es, und – so habe ich es in Erinnerung – mir hat nichts gefehlt. Das lag sicher daran, dass wir auf dem Dorf wohnten, da findet man immer was zu essen. Es lag aber sicher auch daran, dass meine Mutter eine ausgezeichnete Köchin war.

Unser Essen bekamen wir knapp zugemessen. Üppige Portionen waren das nicht. Man konnte sich nicht einfach nachnehmen. Was meine Mutter auf den Tisch brachte, wurde gerecht verteilt. Übrig blieb nichts. Allerdings bekam mein Vater immer das meiste und beste.

Am Tisch gab es klare Regeln. „Es darf nichts umkommen!" war eine, und „Der Teller muss leergegessen werden." Das galt auch noch, als sich die Versorgungslage im Lande entspannt hatte. Essen wegzuwerfen – es sei denn, es wäre durch und durch verschimmelt gewesen – war ganz undenkbar. Solange es ging, wurde der Schimmel weggeschnitten. Wenn beim Essen Krumen vorbeifielen, sammelte ich sie auf und nahm sie als Nachtisch.

Bis die Lebensmittelkarten, aus denen man sich zum Einkaufen die entsprechenden Marken reißen musste, Mitte 1950 abgeschafft wurden, sicherten sie uns, soweit wir das Geld dazu hatten, den Kauf der nötigsten Grundnahrungsmittel, also Mehl, Kartoffeln, Nudeln und Reis, Salz und Zucker, sodann Margarine und Schmalz, etwas Streichkäse und Streichwurst, darüber hinaus Tee und Lindes-Ersatz-Kaffee, der bei uns nur Muckefuck hieß, außerdem Brot. Wir kauften nur altes Brot, weil man daran länger zu kauen hatte; das frische, das mit seinem Duft den Bäckerladen durchzog, gab es nur in Ausnahmefällen. Zigarettenmarken tauschte meine Mutter bei den Rauchern gegen Fett oder Wurst. Und ganz selten gönnte sie uns auch mal Fleisch.

Unser Speiseplan bekam Farbe durch das, was die Natur uns lieferte und nichts kostete. Die ganze Familie war in die Nahrungsbeschaffung involviert. Kein Gang in Wald oder Feld ohne Körbe, Milchkannen und Beutel. Oft entstand ein Wettstreit unter uns Kindern, wer mit dem vollsten Gefäß nach Hause kam. Die Gegend bot viel: Himbeeren, Brombeeren, Walderdbeeren, an einigen Stellen auch Heidelbeeren und Preiselbeeren. Bei der Gelegenheit verlernte ich den Ekel vor Würmern. Ich habe öfter mal Früchtebewohner mitgegessen. Insofern gab es doch Fleisch, allerdings nur roh.

Die Natur ist voller Angebote. Anfangs sammelten wir auch Bucheckern und brachten sie zur Ölmühle, außerdem wilde Kespern und Wacholderbeeren und nach dem ersten Frost Schlehen zum Geleekochen. Das war aber mühsam und nicht besonders ergiebig. Mehr brachte die Nussernte im Herbst, Hasel- und vor allem Walnüsse, wenn sie nach stürmischen Tagen aus den überhängenden Ästen gefallen waren. Mühsam, aber unter uns sehr begehrt, war auch die Hagebuttenernte; nicht nur wegen der wunderbaren Marmelade, die meine Mutter daraus kochte, mehr noch lieferten uns die Heckenrosenfrüchte das verteufelte Juckepulver, das beim Auspulen anfiel. Und es war ein Mordsvergnügen, es jemandem unbemerkt unter den Kragen zu streuen.

Vor allem sammelten wir Pilze. Mit der Zeit konnte ich die meisten essbaren von den ungenießbaren und giftigen unterscheiden. Schade. Die Giftwolken aus Tschernobyl haben uns später das Pilzesammeln gestohlen. Natürlich kannten wir die ergiebigsten Sammelstellen in unsern Wäldern – und hielten sie gegenüber anderen geheim.

Im Spätsommer und Herbst holten wir uns von Onkel Georg oder auch mal einem anderen Bauern die Erlaubnis, auf den abgeernteten Feldern Nachlese zu halten: Wir sammelten abgefallene Ähren, Bohnen- und Erbsenschoten, nicht geernteten Kohl und vor allem Kartoffeln. Und Zuckerrüben, die auf den Feldern zurückgeblieben oder den Bauern vom Wagen gefallen waren, daraus kochten wir Sirup. Im Keller stand ein Fässchen davon, in dem sich obenauf der Schaum absetzte, das war eine Delikatesse.

Ausgiebig sammelten wir das Fallobst, das von den Chausseebäumen fiel und liegenblieb. Die Landstraßen waren bis in die 60er Jahre noch von Obstbäumen gesäumt. Sehr oft bin ich mit meinem Großvater zum Äpfelsammeln losgezogen. Er hatte immer einige Beutel dabei, in denen wir unsere Schätze nach Hause trugen. Meine Mutter hat ohne Ende eingekocht, Kompott, Marmelade, Gurken, Möhren und anderes Gemüse, und die Kellerregale mit Weck-Gläsern gefüllt.

Schon bald nach der Rückkehr meines Vaters, als er sich endlich zeigen durfte, konnten meine Eltern für wenig Geld etwas Land für einen Nutzgarten pachten, es mögen vielleicht 200 Quadratmeter gewesen sein, in dem wir Gemüse anbauten, vor allem Kartoffeln und diverse Kohlsorten, die man bis in den Winter ernten konnte, außerdem Salat, Busch- und Stangenbohnen, Erbsen, Möhren, Kohlrabi, Tomaten und Küchenkräuter. Im Keller bei meinem Großvater (wir selber besaßen keinen eigenen Kellerraum) hatten wir eine große Kartoffelkiste stehen, sodann diverse Regale für das Eingemachte und einige Steigen mit Äpfeln, die wir im Herbst günstig von den Bauern kauften. Außerdem stand da das Fass mit Sauerkraut, bei dessen Zubereitung wir Kinder mithelfen durften. Was für ein Vergnügen, mit bloßen Füßen den mit Salz und Kümmel gewürzten, streifig geschnittenen Weißkohl zu zerstampfen! All das trug dazu bei, dass sich unsere Versorgungslage allmählich entspannte.

Zu essen gab es bei uns nur zu den drei üblichen Mahlzeiten am Tag. Wenn ich zwischendurch Hunger bekam, war das im Sommer oder Herbst kein Problem: das ganze Dorf und besonders Onkel Georgs Wiese standen voller Obstbäume, da fiel immer was runter. Das habe ich „weggefunden", wie mein Vater es nannte. Ich kannte alle Bäume, ihre Reifezeit und den Geschmack jeder Obstsorte. Ich hatte meine Favoriten. Bis heute bin ich ein Obstesser geblieben.

Im Winter war die Lage schwieriger. Wenn ich im Winter unzeitigen Hunger bekam, nahm ich mir heimlich einen trockenen Knust aus der Brottrommel, dazu stibitzte ich aus dem Küchenschrank einen Maggiwürfel, ein Zentimeter im Quadrat, in Folie eingewickelt, den ich dann in kleinsten Bissen zum trockenen Brot verzehrte. Natürlich hat das meine Mutter gemerkt. Aber sie hat nichts gesagt.

In den ersten beiden Grundschuljahren nahm ich (wie auch meine Schwestern) an der täglichen Schulspeisung teil, die üblicherweise aus einer süßen Vanille-Milchsuppe bestand. Sie schmeckte lecker, aber man bezahlte einen Preis dafür. Man kam erst an die Suppe, nachdem man zuvor einen Esslöffel Lebertran geschluckt hatte, für mich ein Schwedentrunk, den ich mit Todesverachtung hinunterwürgte wegen der Vanillesuppe.

Unser Schul-Pausenbrot bestand für uns, und zwar die gesamte Schulzeit hindurch, aus mit ausgelassenem, durch Röstzwiebeln aufgehübschtem Schmalz bestrichenen Graubrot-Stullen, die, durch etwas darübergestreutes Salz angehoben und eventuell von einer Möhre oder Gurke begleitet – optisch kein Hingucker und auch geschmacklich kein nennenswerter Brüller. Ich habe mich oft dafür geschämt und manchmal neidisch auf die Wurst- und Käsebrote der Mitschüler geschielt.

In den ersten Jahren nach dem Krieg gab es bei uns nur zu besonderen Festtagen Fleisch, später immer mal wieder auch an Sonntagen. Die Mengen, die uns unsere Mutter zuteilte, blieben sehr überschaubar. Trotzdem war es ein Fest. Nur mein Vater bekam eine Extraportion. Sowieso bekam mein Vater immer zuerst und das größte Stück, wenn es etwas zu verteilen gab. Unter uns Kindern achtete jeder darauf, dass absolut gerecht geteilt wurde. Das war ein latentes Thema. Nur zu Mittag wurde warm gegessen. Abends gab es Brot und Aufstrich, und jeder hatte in gewissen Grenzen die freie Wahl. In der Mitte des Tisches stand eine Drehplatte mit den Belegmöglichkeiten in kleinen Schälchen: Margarine, Schmalz, Schmelzkäse-Ecken, Kochkäse, Camembert oder Brie, manchmal Edamer in Scheiben, Stinkerkäse (so hieß der Harzer), dazu Gurken, Tomaten, Möhren, Salz und Pfeffer. Es war offen für jeden sichtbar, was auf der Platte lag. Jeder taxierte ein, wie viel ihm zustand. Für meinen Vater hatte meine Mutter sehr oft etwas Besonderes zubereitet, ein Rühr- oder Spiegelei, eine Frikadelle, einen überbackenen Camembert.

Wenn meine Mutter zum Abendessen einmal Wurst auftischte, handelte es sich meistens um Salami, die, in hauchdünne Scheiben geschnitten, jedem zugeteilt wurde, meist nur ein oder zwei Scheiben. Dafür ersann ich eine geniale Wurstbrotvermehrungsmethode.

Ich erfand die Technik der Schiebewurst, die Kunst, aus wenig viel zu machen, nämlich mit einer Scheibe Wurst zwei, drei oder sogar vier Scheiben Brot zu belegen. Dazu schmiert man sich mehrere Brote mit Margarine oder Schmalz, streut für den Geschmack vielleicht noch ein bisschen Salz darüber und legt dann die Wurstscheibe an den Rand der ersten Schnitte. Dann schneidet man sich einen möglichst großen Happen Brot, aber nur einen Zipfel Wurst ab, so viel oder so wenig, dass man gerade noch den Geschmack der Wurst auf der Zunge nachspüren kann. Den Rest der Wurstscheibe schiebt man weiter auf der Brotscheibe, um für den nächsten Bissen wieder ein sehr kleines Stück Wurst und ein großes Stück Brot abzuschneiden. Auf diese Weise gelang es mir, ein ganzes Abendessen nur Wurstbrote zu essen, ich genoss es wie eine Schlemmerei.

Das Essen war die Domäne meiner Mutter. Mein Vater hielt sich da gänzlich heraus. Nur an Weihnachten war es anders. Am ersten Weihnachtstag stellten wir zusammen Thüringer Klöße her, die echten, rohen, handgemachten, mit Röstbröckchen innen drin. Die Kartoffeln wurden gewaschen und geschält, dann in Stücke geschnitten und durch den Wolf gedreht, das war Sache der Kinder, anschließend die nasse Masse in ein Leinentuch gegeben und von meinem Vater ausgewrungen, bis alle Stärke abgeflossen war. Den jetzt trocknen und leicht bröckeligen Teig durchmengte er dann mit gekochtem Gries, damit die Masse nicht auseinanderfiel. Dann formte mein Vater mit seinen großen Händen, je nach Anmeldung und Bedarf, unterschiedlich große Klöße und füllte sie in der Mitte mit den in der Pfanne angerösteten Bröckchen aus Weißbrotwürfeln, nicht zu wenigen. Und am Ende wurden sie ganz vorsichtig zum Ziehen in gesalzenes heißes Wasser gelegt, aber es durfte auf keinen Fall kochen, sonst fielen die Klöße auseinander.

Derweil bewies meine Mutter ihre ganze Kunst beim Zubereiten des Bratens, der in den ersten Jahren aus unsern Kaninchen, später aus einer mit Äpfeln gefüllten Gans bestand. Dazu gab es dann Rot- oder Rosenkohl und Bratensoße.

Ja, wie meine Mutter gekocht hat! Ich schmecke es noch unter dem Gaumen. Das ist ein langes, genussvolles Kapitel in meinen Gefühlen zu ihr! Denke ich daran zurück, komme ich ins Schwärmen. Ich habe immer gern gegessen, und ich habe fast alles, was sie kochte, gern gegessen. Gut, abgesehen von

Porree, Reis mit Rosinen und Äpfeln und Fisch. Mein Vater mochte keinen Fisch, Grund genug für mich, ihn auch zu verschmähen.

Aber was hat meine Mutter nicht alles aus dem Wenigen gezaubert, das ihr zur Verfügung stand! Und das alles für acht Personen, uns sechs und die Großeltern, auf einem altertümlichen Holzfeuerherd mit drei Platten! Wenn sie zum Mittagessen rief, bin ich gerannt. Sie hatte das richtige Händchen. Es gab Gekochtes, Gebratenes, Geröstetes, Geschmortes, Gebrühtes, Gedünstetes und Gebackenes. Ihr Einfallsreichtum war erstaunlich. Selten brannte ihr was an. Immer stand das Essen rechtzeitig auf dem Tisch. Was es auch war, sie machte was Leckeres daraus, es schmeckte immer: Milch-, Pilz-, Kräuter-, Kohl-, Kartoffel- und Gemüsesuppe und weitere Variationen, Nudeln und Reis in allen Spielarten, oder Kartoffeln, in Schmalz oder Margarine geschwenkt, als Bratkartoffeln, als Klöße, als Puffer, als Plätzchen. Ich leckte mir die Finger nach ihrem mit Milch und etwas Sahne angerührten Kartoffelbrei, eingerahmt von Erbsen, Bohnen, Möhren oder Steckrüben, und manchmal auch mit kross gebratenen Leberstückchen, garniert mit Röstzwiebeln. Ich ließ mir die gefüllten Kohlrouladen schmecken, die Schinkennudeln, Wirsing und Grünkohl in Mehlsoße, dazu Pellkartoffeln, ebenso die leckeren Pilzgerichte mit Rührei und Kräutern von unsern zahlreichen Waldsammelgängen, sodann Pfannkuchen oder von Rosinen-Vanillesauce übergossene Hefeklöße, und ganz besonders Milchreis mit Zimtzucker oder Marmeladeninsel. Und zahllose Gerichte mehr. Noch beim Aufzählen läuft mir das Wasser im Mund zusammen. Zum Nachtisch gab's Pudding oder Eingekochtes oder frisch Gesammeltes, oft gedünstete Apfelstückchen mit Zucker und Zimt, oder Beerenobst. Und dann ihre Backkünste: Hefekuchen mit Rosinen, Bleche mit Schmand- und Zuckerkuchen, frischer Pflaumenkuchen, Bienenstich und Streuselkuchen!

An Heiligabend dann selbstgemachte Sülze und geröstetes Weißbrot, und überhaupt, das Weihnachtsessen, es war der Höhepunkt des Jahres! Über die Weihnachtstage bis Neujahr backte sie ein halbes Dutzend riesige Schüttchen, Stollen nach thüringer Art, mit Butter, Mandeln, Rosinen und Sukkade gebacken, dick eingemantelt in Puderzucker, von denen wir nichts übrig ließen.

Meine Mutter hat mit Liebe und Leidenschaft gekocht. Und ich habe mit Liebe und Leidenschaft gegessen.

Das verbotene Dorf

Wir wohnten im Dorf. Viele Menschen empfinden ein Leben auf dem Dorf als beengend und kontrollierend. Für mich war es immer ein Ort der tausend Möglichkeiten, ein riesiges Spielgelände, ein unerschöpfliches Entdeckungs- und Experimentierfeld. Zeit meines Lebens empfand ich es als großes Glück, dass ich im Dorf aufwuchs und dass ich mich mit der Natur auf du und du fühlte. Ich wollte kein Städter sein. Als Kind habe ich nur die Verlockungen des Dorfes gehört, umso mehr, als ich ihnen nur in begrenztem Maße folgen durfte.

Meine Eltern waren beide Stadtkinder, aus Kassel und Weimar, nur durch bittere äußere Umstände in diesen Ort in der Nähe von Göttingen verschlagen. Wie gut meine Mutter ihre Verwandtschaft kannte, wie oft sie schon in diesem Ort gewesen war, weiß ich nicht; mein Großvater hielt jedenfalls Kontakt. Aber meine Eltern besaßen keine Affinität zum dörflichen Leben. Nur notgedrungen mussten sie sich mit ihm einlassen. Sie hatten völlig andere Ansprüche an ihr Leben als die Menschen im Dorf und ließen keinen Zweifel daran, dass sie nicht hierhin gehörten. Das machte sie zu Fremdkörpern im Dorf.
Wir waren, wenn auch verwandtschaftlich verbunden, nicht eingeladen worden, hier zu wohnen. Die Flucht verschlug uns in diesen Ort. Dieses Etikett, „Flüchtlinge" zu sein, verloren wir nie. Aber es war nicht nur unser Status als Flüchtlinge, der uns zu Außenseitern machte, ich glaube, nicht einmal vorrangig. Viel gravierender wirkte sich die innere Distanz aus, die meine Eltern zu allem Dörflichen ausstrahlten. Für sie, und darin waren sie sich völlig einig, war das Wort „Dorf" überwiegend ein Synonym für man-gelnde Bildung,

derbe Sitten und Rückständigkeit. Diese Überzeugung, unter ihrem Niveau gelandet zu sein, dieser Dünkel, „was Besseres" zu sein, schob sich wie eine kalte Glaswand zwischen sie und die Menschen im Ort.

Das bekamen auch wir Kinder zu spüren. Meine Eltern versuchten uns so weit wie möglich von den aus ihrer Sicht schädlichen Einflüssen des Dorfes fernzuhalten. Sie sahen es nicht gern, wenn wir mit anderen Dorfkindern spielten. Sie konnten es nicht wirklich verhindern, vor allem nicht in der Grundschulzeit. Aber eigentlich wollten sie es nicht. Im Dorf, so sahen sie es, regiert der Plebs. Im Dorf geben die Bauernlümmel den Ton an. Im Dorf herrscht ein grober Umgangston, eine Gassen- und Fäkalsprache, voller primitiver Kraftausdrücke. Im Dorf spricht man Platt. Das war nicht unsere Sprache. Strikt sahen meine Eltern darauf, dass wir korrektes Hochdeutsch sprachen.
Ich erinnere mich, dass ich einmal einen aufgeschnappten unanständigen Ausdruck mit nach Hause brachte, ich hab vergessen, welchen, einen, den ich gar nicht verstanden hatte; da hat es was gesetzt: „Wo hast du das her? Sowas will ich nicht noch mal hören! Haben wir dir nicht gesagt, dass du dich von solchem Gesindel fernhalten sollst?!" Erklärt haben sie mir den Ausdruck nicht. Im Lexikon habe ich ihn nicht gefunden.
Nach Überzeugung meiner Mutter konnte man von den Menschen im Dorf nichts lernen, es fehlte ihnen an allem. Sie nannte sie den „Plebs" oder oft auch nur das „Pack". Sie hatte Angst, die schlechten Einflüsse des Dorfs könnten auf ihre Kinder abfärben. Ich sollte gefälligst einen Bogen machen um solche Leute, die kein Benehmen hatten, Leuten, die „nicht mal richtig deutsch" sprechen konnten, „die es nicht anders gelernt haben". „Von solchem Gesochse kann nichts Gutes kommen."

Auf diese Weise machten meine Eltern mir und uns das Dorf madig, erklärten es zum Schmuddel-Terrain, zur quasi unerwünschten, verbotenen Zone – so wie es Franz Josef Degenhardt später unnachahmlich besang. Wo Kontakte unumgänglich waren, etwa in der Grundschule, später im Schulbus oder wo es sich sonst ergab, da sollten wir sie so kurz und distanziert wie möglich halten.

So sehr meine Eltern den Umgang mit den Kindern im Dorf als schädlich und nicht standesgemäß betrachteten, so sehr sehnte ich mich nach Kontakten. Ich wollte dazugehören. Es zog mich nach draußen. Das Dorf ist ein großer Spielplatz. Straßen, Wege, Plätze, Gärten, Höfe, Schuppen, Scheunen, Bäche, Felder, Wiesen, Wald – überall kannst du spielen. Irgendwo sammeln sich immer Kinder zum Toben, Rangeln, Klettern, Ballspielen, Hinkeln, irgendetwas Aushecken.
Mich von den Dorfkindern fernzuhalten, jedenfalls von den allermeisten, bedeutete für mich, mir alle Flügel zu stutzen. Oft konnte ich nur dabeistehen und ihnen zusehen. Insbesondere, wenn sie Fußball spielten. Fußballspielen, das war für meinen Vater der Inbegriff eines Plebejer-Sports, nur etwas für Rüpel und Straßenjungen. Er hat es mir streng verboten. Aber alle Jungen spielten Fußball! Ich stand daneben, blieb sehnsüchtiger Zuschauer. Als wir dann im Rahmen des gymnasialen Schulunterrichts gelegentlich Fußball spielten, war ich immer noch irgendwie gehemmt und kein guter Spieler. Wenn im Sportunterricht zwei Mannschaften zusammengestellt wurden, wurde ich beim Einwählen immer erst unter ferner liefen ausgesucht.
Sport war meinem Vater ohnehin nicht wichtig. Er selbst trieb keinen Sport, genauso wenig wie meine Mutter. Stattdessen schätzte er Einsatzfreude, Pünktlichkeit, Durchhaltevermögen, Disziplin. Über die schulisch vorgeschriebenen Leibesübungen hinaus sah er keinen Grund, mich zu sport-

lichen Betätigungen anzuregen. Im Übrigen gab es im Dorf, abgesehen vom Fußballclub, keinen Sportverein.

Wenn mir erlaubt wurde, zum Spielen ins Dorf zu laufen, bekam ich fast immer Anweisungen und Maßregeln mit auf den Weg, wohin und wie weit ich mich entfernen durfte und wann ich zurück sein musste: „Bleib auf jeden Fall in Rufweite! Und wehe, wenn du zu spät zu Hause bist! Und komm ja nicht mit dreckigen Klamotten zurück!"

Nur mit wenigen Kindern im Dorf gestatteten mir meine Eltern zu spielen. Ganz am Anfang wohnte da noch eine adelige Familie im Ort, wohl auch als Flüchtlinge ins Dorf verschlagen, genauer gesagt, eine Mutter, die einen Sohn in meinem Alter hatte. Der Vater war wohl gefallen oder noch in Gefangenschaft. Erdmann von der Dingsbums hieß der Junge, was für ein komischer Name! Den Nachnamen weiß ich nicht mehr. Mit dem sollte ich spielen, das wäre der richtige Verkehr für mich. Ich mochte ihn überhaupt nicht leiden, ihm quoll das Hochnäsige aus allen Poren. Zum Glück zog die Familie bald fort.

Dann war da der ein Jahr ältere Pfarrerssohn. Den stuften meine Eltern auch als akzeptabel ein. Mit dem habe ich einige Male etwas unternommen. In Wirklichkeit war er ein frühreifer Hallodri, nur wussten das meine Eltern nicht. Vor allem weihte er mich in allerlei sexuelles Halbwissen ein; das war ganz interessant. Aber eigentlich konnte ich ihn nicht leiden. Er war mir zu derb, zu roh, zu laut, zu oberflächlich. Er machte Karriere als Schulversager.

Es gab noch meinen Freund Uwe, einen etwas jüngeren Grundschul-Mitschüler, der später die Mittelschule besuchte Er wohnte mit seiner Mutter zur Miete im Pfarrhaus, gegen den hatten meine Eltern aus unerfindlichen Gründen auch nichts einzuwenden, vielleicht, weil er sozusagen unter Pfarrers Obhut wohnte. Mit Uwe habe ich oft gespielt und einiges angestellt: Heuburgen gebaut in der Scheune seines Onkels, in der dicken Buche am Staneberg Baumhäuser gezimmert, im Bach Dämme aufgeschüttet, aus Kiefernrinde Schiffchen geschnitzt und Wettrennen veranstaltet, mit Pfeil und Bogen oder Zwillen auf alles gezielt, was möglich war, besonders gern Äpfel von den Bäumen geschossen, uns mit Kirschkernen bespuckt und durch Blasrohre beschossen, Obst geklaut in den umliegenden Gärten. Wir hatten immer was vor. Das nachhaltigste Erlebnis mit ihm war ein gemeinsamer Diebstahl. Er hat mein Gewissen lange beschwert. Eines Tages entdeckten wir, dass Onkel Georg in seinem Kneipen-Weinkeller die kaum ziegelgroße Fensterluke hatte offen stehen lassen. Das war an der Straße, die hinunter ins Blassfeld führte, gut versteckt zwar unter dichten Fliederbüschen, in denen wir uns des Öfteren beim Spielen versteckten, aber trotzdem nur zwei Meter neben der Straße, wo immer mal wieder jemand vorbei kam, und direkt unter unserm Wohnzimmerfenster. Neugierig schauten wir in das Kellerloch hinein und entdeckten einen Korb voller Weinflaschen. Wer immer auf die Idee kam, sie war nicht schlecht: Wir organisierten uns einen Apfelpflücker, schafften ihn heimlich unter die Büsche und angelten, so geräuschlos es ging, in langer Schweißarbeit die oberste Flasche nach draußen. Was wir mit ihr gemacht haben, habe ich vergessen. Nicht vergessen habe ich aber meine Angst, es könnte herauskommen, Onkel Georg könnte uns als Diebe anzeigen oder noch schlimmer, mein Vater erführe davon. Aber nichts passierte. Niemand hatte uns beobachtet. Nur die Kellerluke war fortan immer verschlossen. Es war die größte Ungehorsamstat meiner Kindheit. Sie hat mich lange verfolgt; aber irgendwie tat sie auch gut.

Mein Vater, das habe ich erzählt, war ein Verbieter. Sein häufigstes Erziehungsinstrument war das Verbot. Überall im

Dorf gab es verbotene Bereiche. Eine solche Zone lag hinter dem alten Schulhaus, wo sich oft die Jugend zum Spielen traf, wir nannten sie „im Winkel". Da war immer was los. Die Kinder, die sich dort trafen, hätten keinen guten Einfluss auf mich. Verboten war mir sowieso der Bolzplatz, wo man Fußball spielte. Auch in den Ruinen und Kellergewölben des abgebrannten Hauses hinter der Kirche durfte ich, weil zu gefährlich, nicht herumsteigen, dabei hätte es mich so gereizt. In fremden Gärten, in andern Wohnungen oder auf den Bauernhöfen sollte ich nicht spielen. Überhaupt sollte ich mich von zu Hause nicht zu weit entfernen.

Meine Welt war von Verboten umstellt. Ich glaube, meine Eltern hätten mich am liebsten immer unter Aufsicht gehabt. Erst als ich mein Fahrrad geschenkt bekommen hatte, erweiterte sich mein Horizont. Die räumlich engen Kontrollen ließen sich nicht mehr durchhalten. Mein Vater beschnitt mir dann die Zeiten.

Nie durfte ich ein anderes Dorfkind oder gar einen Schulkameraden mit nach Hause bringen. Ich denke, meine Eltern schämten sich wegen ihrer schlichten Wohnbedingungen, vor allem, weil es bei uns keinen Wasseranschluss und keine Toilette gab.

Von bestimmten Menschen im Dorf hatte ich mich ausdrücklich fernzuhalten, Leuten, die nach Ansicht meiner Eltern kein Benehmen hatten. Warnende Beispiele dafür gab es genug im Dorf.

Im Oberdorf beispielsweise, neben dem Feuerwehrschuppen, wohnte in einem Zwei-Zimmer-Hutzelhäuschen, zusammen mit vielen Kindern und ohne kontinuierlichen Mann, eine schmuddelige, umfangreiche Frau, die von allen Dorfbewohnern „die Wautsch" genannt wurde. Ich weiß nicht, ob sie so hieß. Für meine Eltern war sie der Inbegriff des Abschaums. Ich musste immer einen großen Bogen um sie machen, habe nie ein Sterbenswörtchen mit ihr geredet. Doch hat sie mich heimlich enorm interessiert. Wie die wohl zu ihren vielen Kindern gekommen ist? Wie gern hätte ich da mal ins Häuschen geschaut!

Als abschreckendes Beispiel galt auch Großmutter Adele vom Hof gegenüber, den wir vom Zimmer meiner Schwestern aus bestens einsehen konnten. Morgens in aller Frühe, eh sie zum Melken in den Stall ging, trat sie erst einmal auf den Mist, versperrte sich mit Daumen und Zeigefinger zunächst das rechte, dann das linke Nasenloch und trieb mit lautem Schnauben den Schlafrotz aus dem offenen Loch, um dann die Reste in ihre große Schürze zu wischen. Das hat mich beeindruckt.

Dann gab es da noch die Betrunkenen. Wie ich erzählte, wohnten wir über der Gastwirtschaft meines Onkels. Da ging es manchmal des Abends, öfter an den Wochenenden und immer an den großen Festen hoch her. Manchmal wurde es sehr laut, vor allem aber konnte es zu unangenehmen Begegnungen mit Männern kommen, die zu viel gebechert hatten. Gelegentliche Kontakte mit Betrunkenen, insbesondere an den Festtagen, wo sie schon nachmittags den Hof und die Veranda belagerten, waren unvermeidlich. Wir bekamen von unseren Eltern eingeschärft, ihnen so schnell wie möglich aus dem Wege zu gehen. Sie seien unberechenbar. Trotzdem lernte ich, dass Betrunkene nicht nur roh und laut und aggressiv, sondern manchmal auch ganz weich und lieb sein können, wenn man sie nicht reizt – obwohl sie oft an unsere Hauswand pinkelten oder sich übergaben (das wurde am nächsten Morgen von Onkel Georg weggespült).

Einmal, da mag ich schon zehn oder elf gewesen sein, musste ich abends noch unbedingt zum Örtchen und damit notwendig auch durch den unteren Hausflur, der zugleich den Zugang zur Gaststube bildete. Da saß ein völlig abgefüllter Dorfbewohner auf dem Boden. Ich kannte ihn gut. Er rief mich zu sich, um sich mit meiner Hilfe aufzurichten, fiel dann wieder zusammen und erzählte mir mit weinerlicher Stimme irgendwelche wirre Geschichten, wer ihn verlassen hatte und wie schlimm alles sei, Sachen, die ich nicht verstand. Aber dass er weinte, hat mich berührt, und ich brauchte eine Weile, mich zu lösen. Aber ich hatte nicht das Gefühl, dass er mir hätte gefährlich werden können. Als ich meinen Eltern später davon erzählte, gab es ein gehöriges Theater, ich weiß nicht mehr, ob Ohrfeigen und Prügel, aber jedenfalls heftige Vorhaltungen. Was hätte da alles passieren können! Ich hatte es anders erlebt. Mir verschaffte es die Fähigkeit, mich nicht von Angst leiten zu lassen. Ich konnte später immer ganz gut mit Betrunkenen umgehen.

Trotz aller Kontakt-Begrenzungen ließen sich bestimmte Begegnungen im Dorf aber nicht umgehen: etwa mit dem Bauern, bei dem wir Milch holten, mit dem Kaufmann, dem Bäcker oder auch dem Friseur.
Auf die Begegnungen mit dem sogenannten Friseur hätte ich allerdings lieber aus freien Stücken verzichtet. Er war eigentlich Schneider, aber er konnte halt mit der Schere umgehen, ernannte sich kurzerhand zum Haarschneider und schaffte sich damit einen Nebenverdienst. Er war ein grausiger, in meiner Erinnerung schon tagsüber angetrunkener Haareverkürzer mit Namen Gahr, und machte meinen Haaren für Zweimarkfünfzig zweimal im Jahr, meist nicht ohne mir dabei wehzutun, den Gar-aus, indem er alles, was unterhalb der Oberkante des Ohrs wuchs, erbarmungslos entfernte. Ich fühlte mich ihm und hinterher allen, die mich ansahen, ausgeliefert.

Ich glaube, meine Schwestern kamen mit den vielen Berührungsverboten zu den Dorfbewohnern etwas besser zurande. Sie waren zu zweit und lagen altersmäßig nah beieinander. Sie hatten immerhin sich zum Spielen. Ich war allein und suchte Spielgefährten. Meine kleinen Fluchten, wenn ich angeblich zum Schularbeitenmachen zu meinem Großvater hinüberlief und von dort ins Dorf schlich, wie ich schon erzählt habe, konnten das nicht aufwiegen; außerdem bezahlte ich sie mit Angst und schlechtem Gewissen. Ohnehin musste ich spätestens zum Essen zurück sein.

Was meine Eltern mir gegenüber dem Dorf an Einschränkungen auferlegten, hat mich mehr und mehr vereinsamt. Hin und her gerissen zwischen dem Wunsch, dazuzugehören, und dem Verbot mich fernzuhalten entwickelte ich zu den Menschen im Ort eine verdeckte, ängstliche Neugier. Ich verlor meine Unbefangenheit und traute mich nicht, auf sie zuzugehen, mit ihnen zu reden. Dass ich als einziger Junge im Ort aufs Gymnasium ging, vertiefte den Abstand zwischen uns. So vertraut mir die Natur rund ums Dorf wurde, so fremd blieben mir die Menschen im Dorf.

Körpererfahrungen

Meine ersten Lebensjahre waren Mutter-Jahre. Was das für mich bedeutete, habe ich erst spät begriffen und nachvollzogen. Immer schien es mir, als sei mein Vater mir wichtiger gewesen. An ihm habe ich mich gerieben. Er hat meine Kindheit dominiert. Aber mit ihm ging es nicht los. Vor allem das Körperliche – ebenso das Sexuelle – geht allem voraus. Es geht los mit Berührungen und Empfindungen. Die Emotion der Körpererfahrung bildet das Fundament unserer Beziehungen. Das legte mir meine Mutter.
Die speziellen Bedingungen, unter denen ich ins Leben gesetzt und groß wurde, das Verhältnis zu meiner Mutter, aber auch unsere Armut, meine Angst und die belasteten Lebensumstände unserer Familie, haben prägend dabei mitgewirkt, wie ich lernte mit meinem Körper umzugehen.

Was meine körperliche Entwicklung angeht, haben mir meine Mutter und mein Vater so gut wie nichts erklärt. Dafür hatten sie weder Offenheit noch Sprache. Darin waren sie ganz Kinder ihrer Zeit. Und insofern bin auch ich ein Kind der Zeit. Sie folgten der Devise: Das werden die Kinder schon selbst herausfinden. Wir haben es, über etliche Irrwege und Sackgassen, schließlich auch herausgefunden.
Mit meinem Körper vertraut zu werden, war für mich kein leichter Weg. Dazu trug auch ein sehr frühes Erlebnis bei, das mich vielmals gebeutelt hat. Es geschah ganz kurz nach unserer Flucht und hat mir über viele Jahre meinen Körper unvertraut gemacht.

Es war an einem kalten, düsteren, regnerischen Spätherbsttag im Jahre 1946. Ein Impftrupp, ein Arzt mit zwei Krankenschwestern, war aus der Stadt ins Dorf gekommen. Alle kleinen Kinder wurden der Reihe nach gegen irgendwelche Kinderkrankheiten geimpft. Das fand in der Gaststube von Onkel Georg statt. Die Mütter sammelten sich in ihren nassen, dampfenden Mänteln in dem engen Schankraum, hatten ihre schreienden Kinder dabei, es war laut, eng, stickig und überhitzt. Hinter der Theke wurde geimpft. Meine Mutter schob sich mit ihren drei Kindern nach und nach voran. Alle waren gereizt, der Arzt stand in Schweiß. Als die Reihe an mich kam, rutschte ihm die Nadel ab und brach. Ich fiel in Ohnmacht.

Das blieb ein Trauma bis weit in mein Erwachsenenleben hinein. Jede weitere Impfung artete für mich zum Problem aus. Später reichte es schon aus, wenn ich Spritzen nur sah oder jemand davon redete, dass die Angst vor dem Umfallen in mir hochstieg.

Einmal fiel ich in Ohnmacht, als ich an einer Reihenschluckimpfung teilnahm. Ich stand im Trainingsanzug auf dem Flur vor dem Impfzimmer in der Schlange, sie rückte langsam vor, ich mit ihr, und parallel stieg mein Angstpegel – bis ich irgendwann einfach die Besinnung verlor und zu Boden sackte. Schon das Wort Impfung reichte. Es war mir absolut peinlich. Aber ich konnte mich nicht wehren.

Ohnmächtig zu werden habe ich immer als ein höchst unangenehmes Gefühl erlebt, eine Mischung aus panischer Angst und völliger Wehrlosigkeit. Ich fühlte eine Schwäche in mir aufkommen, ich spürte, wie sie von innen nach außen meine Glieder befiel. Mir war bewusst, es muss etwas geschehen, gleich verliere ich den Halt, gleich kippe ich weg. Mit allen Kräften habe ich dagegen angekämpft, bäumte mich innerlich auf, dachte nur: „Ich will nicht! Ich will nicht!" Aber es nützte nichts. Ich kam nicht weg, war wie festgenagelt, kraftlos, gelähmt, ich merkte, dass der Verlust meiner Sinne unaufhaltsam näher kam und konnte nichts machen. Der Augenblick, an dem es schließlich kein Zurück mehr gab, war dann immer wie eine Erlösung, vielleicht vergleichbar dem, was Menschen vom Sterben erzählen, und verwandt dem kleinen Tod, dem Orgasmus. Frieden trat ein. Es war vollbracht.

Noch oft bin ich ohnmächtig geworden. Einmal war es besonders eindrücklich, als ich, vielleicht fünfzehnjährig, zur Beerdigung der Mutter einer Freundin draußen im Kies vor der überfüllten Friedhofskapelle stand, in beherrschter Haltung, ungeschützt in der prallen Frühsommerhitze; da kippte ich einfach um – und landete ganz unvergesslich auf einer duftenden Blumenwiese. Ungern ließ ich mich zurückholen.

Später, als ich bei einer langen Zahnbehandlung immer neue Spritzen bekam, habe ich viele Stoßgebete aufgesagt: „Lass mich nicht wieder ohnmächtig werden!" Das half nicht wirklich. Wohl oder übel habe ich lernen müssen, mich zu meiner peinlichen Schwäche zu bekennen. Das war der Anfang der Therapie. Heute habe ich die Spritzenphobie hinter mir gelassen.

Später erfuhr ich auch, dass meine Mutter ebenfalls ein Spritzenthema hatte und regelmäßig beim Zahnarzt in Ohnmacht fiel: „Lieber noch ein Kind zur Welt bringen als zum Zahnarzt gehen!", sagte sie, und ließ sich, vorsorglich mit einem Cognacfläschchen ausgerüstet, von meiner Schwester zum Arzt begleiten.

Wenn ich mich richtig erinnere, habe ich meine ganze Kindheit hindurch, mit einer Ausnahme, von der ich gleich erzählen werde, nie ernsthaft mit Ärzten zu tun gehabt. Bei uns zuhause wurde man nicht krank und man ging auch nicht zum Arzt.

Ich glaube, das war ein Ausdruck notwendiger Widerstandskraft, wie sie einem wächst, wenn man durchhalten muss. In

Notzeiten, auf der Flucht, wenn alle Kräfte gebraucht werden, oder wenn kein Arzt in der Nähe ist, darf man nicht krank werden. Die Umstände ließen uns keinen großen Raum zum Schwächeln. Da hieß es Zähne zusammenbeißen und weiter. Erst wenn man umfällt, geht's nicht weiter. Das ist auch meine Devise geworden.

Aber diese Krankheits-Ignoranz stand auch in einer Familientradition. Meine Mutter selbst wurde nicht krank und hat Ärzte gemieden (was später vielleicht wegen zu spät erkannter Herzprobleme zu ihrem relativ frühen Tod beitrug). Vielleicht hockte da in ihr auch ein Misstrauen gegen Ärzte oder eine Angst vor ihnen, deren Ursprung ich nicht kenne. Ich habe auch nie erlebt, dass mein Großvater krank gewesen wäre. Und auch mein Vater wurde nicht krank, mit einer Ausnahme. Er hatte eine Reihe von Jahren mit seinem Magen zu tun, krümmte sich oft vor Schmerzen und musste täglich mehrmals irgendwelche weißlichen Pulver einrühren und schlucken. Abgesehen davon wurde auch er nicht krank.

Wir Geschwister haben, soweit mir bekannt, alle gängigen Infektions- und Kinderkrankheiten durchgemacht, Masern, Röteln, Scharlach, Windpocken, Mumps und Keuchhusten, oder das meiste davon. Manchmal, daran erinnere ich mich, machte der Arzt einen Hausbesuch bei uns. Am Ort gab es keinen Arzt. Einmal in der Woche hatte er Sprechstunde im Dorf, dann kam er manchmal auch bei uns vorbei; aber wohl weniger irgendwelcher Krankheiten wegen, sondern weil wir eine der wenigen Familien im Ort waren, wo er sich unter seinesgleichen fühlte.

Krankheitssymptome wie Fieber, Husten, eitrige Mandeln, Bauchschmerzen oder Antriebsschwäche wurden bei uns erst einmal durch heiße oder kalte Umschläge, durch Bettwärme, heiße Milch mit Honig oder Schlaf kuriert. Nur zur Not unterstützten einige wenige Hausmittel das Gesundwerden: Kohlekompretten oder „Biserierte Magnesia" gegen Durchfall, Jod, Pflaster und Borsalbe auf wunde Stellen, Gurgeltropfen bei Halsentzündungen, Spalttabletten gegen Kopfschmerzen.

In manchen Familien werden die Kranken verhätschelt. Nicht so bei uns. Bei uns war krank sein nicht attraktiv. Man läuft nicht gleich zum Arzt, wenn irgendetwas weh tut, wenn es hier und da zieht oder sticht, wenn sich irgendwo mal ein Flecken auf der Haut zeigt. Allenfalls beobachtet man es, aber am besten, man beachtet es nicht weiter: „Das verwächst sich", sagte meine Mutter. Wenn man bei uns krank wurde, bekam man keine Sonderbehandlung. Man wurde ins Bett gesteckt und musste halt möglichst bald wieder gesund werden. Eine Vorsorge kannten wir nicht. Das Generalheilmittel hieß warm halten und ausreichend schlafen.

Für mich hatte dieser Umgang mit Krankheit und mit Ärzten eine doppelte Wirkung. Die erste war: Ich wurde nicht krank. Die zweite: Ich lernte, in mich hineinzuhorchen und für mich selbst zu sorgen. Ich lernte die untrüglichen Zeichen einer in mir heraufziehenden Krankheit zu erkennen: glasige Augen, Empfindlichkeit bei jeder Berührung, einen heißen Kopf und Schüttelfrost bis zum Zähneklappern. Dann wusste ich: Jetzt muss ich ins Bett. Und das muss reichen. Ich habe mir nicht gern von einem Arzt sagen lassen, ob ich krank bin. Bis heute verlasse ich mich lieber auf mein Gefühl als auf ärztliche Diagnosen. Sie können hinzukommen, aber sie überzeugen mich nicht allein. Medikamente dienen dem Notfall; man nimmt sie besser erst einmal nicht.

So entstand in mir eine trotzig-selbstgewisse Überzeugung: Mir sagt kein Arzt, ob ich krank bin. Und gleichzeig gewann ich ein sensibles Körpergefühl. Noch heute denke ich: Das war nicht das Schlechteste. Es hat mich auch robust gemacht gegen manches Zivilisationszipperlein, das andere plagt, vom Heuschnupfen über Allergien und Magendrücken bis zu

Kopfschmerzen. Aber natürlich hat diese Abwertung der körperlichen Beschwerden auch eine gefährliche Kehrseite.

Ein weiteres Erlebnis mit Ärzten hatte für mich eine große Wirkung. Es hat meine Sympathie zu ihnen nicht vergrößert. Das war, als ich von meinen Eltern mit knapp neun Jahren, eh ich zum Gymnasium wechselte, wegen einer Nabelbruch-Operation in die Göttinger Universitätsklinik gebracht wurde. Seit meiner Geburt, verursacht wahrscheinlich durch ein falsches Abtrennen der Nabelschnur bei der Entbindung, hing mir mein Nabel einige Zentimeter aus dem Bauch. Lange hatten meine Eltern das körperlich ungefährliche Problem auf sich beruhen lassen. Allerdings haben mich die anderen Kinder, etwa beim Baden, öfter mal deswegen gehänselt. Schließlich dämmerte es meinen Eltern, dass mit dem herannahenden Wechsel aufs Gymnasium daraus vielleicht ein größeres Problem für mich entstehen könnte, und entschlossen sich, mich operieren zu lassen.

Eines Tages wurde ich also in die Göttinger Universitätsklinik gebracht. Was ich dort erlebte, hat für mich traumatische Züge angenommen.
Es begann bereits mit den Vorbereitungen. Vage erinnere ich mich, wie ich mit meiner Mutter und meinem Großvater in diesem riesigen Gebäude aus gelben Klinkern ankam, an die vielen Gängen und die geschäftigen, weißkittelbekleideten Menschen. Sie brachten mich bis zur Kinder-Station, dort wurde ich von Schwestern in Empfang genommen. Dann gab es noch ein paar zu kurze Abschiedsworte, ein Winken, ein Hinterherschauen, und fort waren sie und ich allein. Ich musste mich ausziehen und bekam ein hartgeplättetes weißes, hinten mit Bändern zugehaltenes Leinenhemd angepasst; dann wurde ich auf eine Liege gebahrt, mit einem

weißem Tuch zugedeckt, über verschiedene Gänge geschoben und irgendwo abgestellt.

Da lag ich auf dem langen Flur, hörte die fremden Geräusche,
die sich an den kahlen Wänden brachen, roch die sterilen
und bohnerwachsgetränkten Krankenhausgerüche, verkroch
mich unter dem Tuch und wartete.

Irgendwann kam eine Schwester, schob mich vor eine große
Tür, klopfte, ein älterer, weißhaariger Mensch im weißen
Kittel nahm die Krankenbahre in Empfang, fuhr mich mit ihr
in die Mitte des Raumes und wies mich an, mich aufzu-
stellen.

Also stellte ich mich hin, sah mich um – und stellte mit maß-
losem Erschrecken fest, dass ich in einem großen, nach hinten steil ansteigenden Saal stand, vollbesetzt mit Menschen,
die alle auf mich blickten. Man hatte mich als Studienobjekt
in einen Hörsaal geschoben. Da musste ich mich nun begaf-
fen lassen in meinem peinlichen weißen Kittel und wusste
nicht, wo ich hinschauen sollte, was ich hier sollte und was
die vielen Menschen von mir wollten.

Das Peinlichste kam aber erst noch. Unter, wie er wohl meinte, gutem Zureden, öffnete der Professor gegen meinen heftigen Widerstand, aber unter dem Gelächter des Auditoriums
mein Hemd, so dass ich ganz nackt dastand, und zeigte seinen Studenten das seltene Phänomen des Nabelbruchs. Selten habe ich mich so geschämt und fand ich mich so allein.
Niemand hatte sich die Mühe gemacht, vorher mit mir darüber zu reden, geschweige denn meine Einwilligung ein-
zuholen.

Den mehrwöchigen Aufenthalt in der Klinik, der vom Gefühl
her für mich mindestens vier Wochen, in Wirklichkeit wohl
nur zehn oder zwölf Tage dauerte, habe ich als ganz schlimme Zeit in Erinnerung. Als ich aus der Narkose erwachte,
war alles um mich herum fremd. Wie ausgesetzt an unbe-
kanntem, nie gedachtem Ort, dauerte es lang, bis ich meine

Sinne sammeln, die Augen öffnen, die Glieder bewegen konnte – um mit panischem Erschrecken festzustellen, dass man mich an Händen und Füßen festgebunden hatte. Ich weiß noch, wie ich mich wehrte, schrie, und wie die Schwestern auf mich einredeten. Mehrere Tage fixierten sie mich. Vielleicht war es für meine Wundheilung hilfreich; für meine Gefühlslage nicht.

Als ich mich schließlich traute, mich umzusehen, soweit das anfangs ging, fand ich mich in einem großen, hell erleuchteten Saal wieder, wo ich, wie man es nach dem Kriege noch praktizierte, mit schätzungsweise zwanzig anderen Kindern Bett an Bett lag, lediglich von schmalen, für die Betreuung durch die Schwestern notwendigen Zwischenräumen von den anderen getrennt, aber immer von allem, was im Raum geschah, mitbetroffen. Immer war irgendwo was los, jemand schrie, weinte, lachte, jammerte, nölte, zankte, alberte, tobte herum, wollte was zu trinken haben, musste aufs Klo, rief nach einer der Schwestern. Die eilten zwischen den Bettreihen hin und her, riefen sich zu, redeten freundlich, aber sehr streng und erlaubten keinen Widerspruch. Ärzte machten sich Notizen, gaben Anweisungen, besichtigten die Kinder. Manche waren schwer verletzt, mit Kopfverbänden, verbrannten, verwundeten, gebrochenen Gliedern, mit geschienten, hochgehängten Beinen und von oben bis unten verbundenen Armen; manche kamen, noch unter Narkose, gerade vom Operationstisch und wurden dann in eins der Nachbarbetten gelegt.

Das hat sich mir alles eingeprägt. Trotzdem habe ich andere Kinder, solange ich dort lag, nicht näher kennengelernt. Sie kamen von überall her, und die Betten wechselten oft. Besuchszeit war einmal am Tag, ich glaube nachmittags von drei bis fünf Uhr. Die meisten Kinder bekamen regelmäßig Besuch, die Erwachsenen fielen ein, setzten sich auf die Bettkante, brachten Schnökerkram und Spielsachen mit. Nur zu mir kam niemand. Tag um Tag habe ich, wenn der Nachmittag nahte, auf den Eingang gestarrt und gehofft, die Flügeltür würde aufgestoßen und ein bekanntes Gesicht träte herein. Zweimal in der ganzen, langen Zeit erhielt ich Besuch von meinem Großvater Ati, so habe ich es in Erinnerung, nicht von meiner Mutter und schon gar nicht von meinem Vater. Vielmals habe ich mich unter der Decke verkrochen, damit keiner sehen konnte, wenn ich weinte. Später habe ich gedacht, es ist ja auch eine weite und umständliche Reise von uns bis hier her, und wir haben nicht genug Geld für den Bus.

So vieles habe ich mit mir allein ausmachen müssen. Es ging mir wie vielen anderen Kindern in dieser Zeit. Darin machten meine Eltern keine Ausnahme. Kinder wurden versorgt und gefordert. Sie mussten lernen, sich selbst zurechtzufinden. Das galt allgemein und nicht zuletzt für die körperlich-sexuelle und emotionale Entwicklung.
In den folgenden Jahren der pubertären Umbrüche war ich völlig auf mich gestellt. Wie ich mich in meinem Körper zurechtfinden könnte, dafür gab mir weder meine Mutter noch mein Vater Hilfen. Es lief an ihnen vorbei.
Ich erinnere mich gut, dass meine Mutter einmal beiläufig meinte, was für ein hübscher Junge ich sei. Da war ich vielleicht acht oder neun. Das hatte sie noch nie gesagt. Ich weiß nicht, wie ernst sie es meinte. Aber ich weiß noch, dass ich es ihr nicht glaubte. Es kam zu spät. In der Grundschule hatte mich irgendwann ein Mitschüler damit gehänselt, ich hätte Segelohren. Dem habe ich geglaubt. Was habe ich mich über meine Ohren geschämt! Vielleicht war ich gerade von diesem unsäglichen Haarabschneider Gahr gekommen, zu dem mich meine Mutter geschickt hatte und der mir gnadenlos den ganzen Ohrschutz vom Kopf schnitt. Danach hatte jeder Mensch Segelohren. Ich weiß nicht, ob ich meiner Mutter

von den Hänseleien erzählte. Vielleicht hat sie es abgetan. Aber mich hat es gepeinigt. Mein Äußeres, schien mir, war meiner Mutter egal.

Das Körperliche wandert mit uns durchs Leben. Es verändert sich und erfährt auch unterschiedliche Bewertungen. Was ich früher nicht mochte, kann sich später als belanglos herausstellen. Was der eine hässlich findet, gefällt dem anderen. Und vor allem die Liebe macht uns schön. Aber manche Körpererfahrungen und -einschätzungen kleben wie Pech an uns und machen uns schwer zu schaffen. „Das verwächst sich" – pflegte meine Mutter zu sagen. Dieser Spruch ist zweifellos wahr. Doch öfter als es einem lieb ist bleibt ein Bodensatz von wunden Stellen im Gefühl zurück, den merkt sich der Körper, der begleitet ihn durchs Leben. Der erinnert ihn immer mal wieder, wie es war.

Jahreszeiten

Im Dorf ist es immer schön, betrachtet man die Natur. Über mein Leben in der Natur muss ich noch genauer erzählen. Das Leben auf dem Dorf, wohin der Krieg uns verschlagen hatte, schenkte mir, ich habe es schon beschrieben, einen ganz unmittelbaren Zugang zu Wald und Feld, Flora und Fauna, Wind und Wetter. Intensiv habe ich den Jahresrhythmus miterlebt. Frühling und Sommer war für mich die Zeit der Gerüche; Sommer und Herbst die Zeit der Früchte. Der Herbst war die Zeit der Gummistiefel und der Winter die Zeit der Schlitten. An alle Phasen des Jahres knüpfen sich viele Bilder.

Zuerst will ich über das Frühjahr und den Sommer sprechen, die Zeit der Gerüche.
Schon immer bin ich empfänglich gewesen für das, was natürlich duftet, und allergisch gegen das, was unnatürlich stinkt. Ich bin ein durch und durch olfaktorischer Mensch. Das verdanke ich dem Dorf. Ich mag die Düfte der Natur, die kräftigen wie die zarten, ich kenne sie gut, sie wehen mich schon von Weitem an, wenn andere noch nichts wahrnehmen, ich liebe die feinen Aromen von Blüten und Blättern, ich liebe aber auch die starken Nasenreize der Landwirtschaft, und ebenso die natürlichen menschlichen Dünste.

Das Dorf hat seine eigenen vielfältigen und intensiven Gerüche. Die waren und sind mir vertraut, ach nein: sie lösen Heimatgefühle in mir aus, sie sind wie Liebesgrüße. Es geht los im Frühjahr, wenn die Sonne täglich höher steigt und alles zum Duften bringt: zuerst mit dem ganz zarten, süßen Hauch, der im aufbrechenden Frühling über die Löwenzahn-

Wiesen streicht, dann der feine Duft der kleinen Blüten an Weg- und Feldrändern im Frühjahr, der Veilchen und Schlüsselblumen, und, kaum spürbar, von Lärchensporn und Buschwindröschen, von Silberlingen, Vergissmeinnicht und Akelei, besonders der aufblühenden Wiesen voller Schafgarben und blühenden Gräser; sodann der Geruch der vielblütigen Weißdornhecken, Schlehen und Heckenrosen an den Feldrändern, auch der vielen Blumen aus den Bauerngärten, der Pfingstrosen, Bartnelken, Narzissen und später der unwiderstehliche des Phlox, dann der Fliederbüsche und Jasminsträucher neben dem Haus.

Und der Wald füllt sich mit dem unverwechselbaren Duft der Maiglöckchen und dem des Waldmeisters, aber auch dem kräftigen des Bärlauchs. Am Bach schießen die Pfefferminzstauden in die Höhe und verströmen ihr kraftvolles Aroma. Durch die Obstgärten zieht der zartsüße Geruch der Kirsch- und Apfelblüten, durchs Dorf der kräftige, den die Lindenblüten um sich breiten. Später, nach dem ersten Mähen der Wiesen, liegt tagelang das würzige Duftgemisch frischen Heus in der Luft und schwängert jeden Atemzug. Im Sommer wehen dann die satten Winde des reifenden Korns heran, und die Staubwolken vom Dreschen, die in der Nase kitzeln. An den Feldrändern blüht nun die Kamille und verbreitet ihre lieblichen Düfte, und auch der Geruch des Waldes entwickelt viele Nuancen, etwa den der jungen Triebe von Fichten und Kiefern, den nur feine Nasen wahrnehmen, oder den zarten der Kesperbäume, aber auch den schon von Weitem herüberziehenden Duft der Holunderblüten. Von ganz eigener Würze sind der ozongetränkte Geruch des herannahenden Sommergewitters und die sich nach dem Guss ausdampfende Erde. Im Herbst warten dann die Geschmäcke der Früchte, der Beeren und Pilze, die herben Dünstungen der Runkelfinnen, die nicht jedermanns Sache sind, ebenso wie die intensiven der mit Jauche getränkten Felder, und, weithin ziehend, die Rauchschwaden der Kartoffelfeuer; später dann der feine Atem frisch gepflügten Ackers und des eben gefallenen Herbstlaubes.

Auch die derben Rüche auf den Höfen mochte ich und mag sie noch. In den Ställen roch es kraftvoll nach Pferd, gemütlich nach Kuh, penetrant nach Schwein und beißend nach Hühnern. Neben den Ställen auf dem Hof dünstet die Miste nach, auf dem Plumpsklo wabern die Auswürfe des Menschlichen. Ich hab mich nie davor geekelt.

Künstliche Nasenreize dagegen waren mir immer ein Gräuel. Die in den Städten entwickelten Hygieneansprüche, die einen schon von Weitem anspringenden scharfen Seifen, Deos, Sprays und Parfüme, mit denen Menschen zwischen sich und andere eine Nebelmauer aufziehen, habe ich, wo immer es ging, gemieden. Bei uns zu Hause wusch man sich mit Kaltwasser und Kernseife.

So oft bin ich im Sommer, vor allem in den Ferien, durch die Natur gestreunt und fühlte mich eins mit ihr. Die Wiesen, Felder, Bäche, Wälder: alles ist frei. Überall gibt es was zu erkunden, zu finden, anzuschauen. Natürlich gab es auch unerlaubte Zonen (abgesehen davon, was meine Eltern mir untersagten). Die Gärten um die Höfe waren eingezäunt. In denen lockte so mancher leckere Obstbaum. Aber ich kannte die losen Zaunlatten und Durchstiege. Und auch die Fluchtwege und Verstecke. Selbstverständlich durften wir nicht ins Kornfeld; aber später, als es üblich wurde, Mais anzupflanzen, spielten wir zwischen den Reihen Verstecken und Suchen.

Wenn dann im Sommer und Herbst die Früchte reiften, brach für mich immer die Zeit der Fülle an. Heute muss man das erwähnen: Natürlich war das Obst aus den Wiesen und an den Chausseen unbehandelt. Mit dem Spritzen ging es, wenn ich mich recht entsinne, erst in den 60er Jahren los.

Wir lebten gesund. Obst konnte man einfach so in den Mund stecken. Natürlich musste man ein bisschen aufpassen, wegen der Maden. Manchmal passte ich auch nicht auf.

Wenn wir uns nur an das Fallobst hielten, hatten die Bauern meist nichts dagegen, dass wir es aufsammelten. Aber sie konnten ganz schön giftig werden, wenn sie mitbekamen, dass wir in die Bäume kletterten, an Ästen schüttelten oder an den dünneren Bäumen rüttelten. Das galt besonders auch für Onkel Georg und Tante Minna, in deren Garten wir sehr oft spielten. Auch meine Eltern, die keinen Ärger wollten, haben das mit empfindlichen Strafen geahndet. Aber es war halt auch verlockend, mal eine heile Birne oder einen noch nicht angeschlagenen Apfel zu pflücken. Man darf sich eben nicht erwischen lassen.

Im Herbst, manchmal auch im Sommer, brach dann die Gummistiefelzeit an. Nur die Hauptstraße, die das Dorf mit den beiden Nachbarorten verband, war mit Kopfsteinen aus Basalt gepflastert. Erst in den 60er Jahren wurden die Dorfstraßen nach und nach geteert. Lange Jahre verwandelten sich, sobald es regnete, alle Straßen in Schlammwege. Bei Matschwetter gab es im Dorf ohne Gummistiefel kein Vorankommen. Gummistiefel trug ich gern. Man musste auf nichts aufpassen, keiner Pfütze ausweichen. Gummistiefel machen jeden Weg gangbar. Gummistiefel sind eine richtig gute Erfindung für Kinder.

Der Matsch ist nicht nur für Kleinkinder ein Wunschmedium. Auch die größeren matschen noch gern, sie geben es nur nicht zu. Die Freude am Matsch verlieren wir nicht. Für mich war das bei Eltern unbeliebte Dreckwetter wie geschaffen. Aber nicht jedes Mal durften wir, wenn alles im Morast versank, nach draußen. Oft war es meine Mutter leid, denn meist waren hinterher nicht nur die Schuhe verdreckt.

Im Herbst, bei schönem Wetter, bauten wir auch Blätterburgen. Wir harkten die abgefallenen Blätter im Garten zusammen, bis ein riesiger Haufen entstanden war, versteckten uns im Laub oder schubsten uns mit größtem Vergnügen hinein.

Für viele Bäume war der Herbst Erntezeit, mit den Augustäpfeln ging es los und endete mit den spätreifen Boskop und Ontario. Sodann lagen da nach stürmischem Wetter die Nüsse wie gesät unter den Bäumen. Im Herbst wurde ich immer satt. Im Herbst, nachdem die Felder abgeerntet waren, bauten wir uns Drachen aus dünnen Leisten und Transparentpapier und liefen auf die Stoppelfelder ins Blassfeld, wo sie der Wind vor sich her treiben konnte. Im Herbst saßen wir manchmal an einem Kartoffelfeuer und hielten die auf lange Stöcke gespießten Knollen ins Feuer. Im Herbst hörten wir gruselig-schön den Sturm um die Häuser jagen. Und natürlich sammelten wir Kastanien, aus denen später Figuren entstanden.

Ach, und dann die Winter! Gefühlt waren die Winter meiner Kindheit durchweg schneereich und herrlich. Ich habe nicht nachrecherchiert, ob das stimmt. Ich möchte mir diesen Traum nicht zerstören.

„Der Schnee, der Schnee, der allererste Schnee!" sangen wir, wenn die ersten Flocken fielen. Drinnen begannen die langen Spieleabende, draußen tollten wir durch die verschneiten Wiesen – natürlich unter der Prämisse, dass ich raus durfte und vorher die Schularbeiten erledigt waren.

Wenn frischer Schnee fiel, verbreitete sich erst einmal Stille im Dorf. Über alles legte sich eine milde Decke, ebnete die Wiesen und Wege, dämpfte die Geräusche. Aller Betrieb kam zur Ruhe. Das Vieh stand im Stall, die Felder lagen im Winterschlaf, es herrschte wenig Verkehr. Nur manchmal holten die Bauern eine Fuhre Rüben zum Füttern aus den Runkelfinnen vom Feld oder fuhren zum Holzmachen mit dem Traktor in den Forst.

Die frühe Dunkelheit wurde nur von wenigen Straßenlaternen erhellt. Erst in den sechziger Jahren wurden weitere Strommasten im Dorf aufgestellt.

Aber wenn der Schnee kam, war das auch der Startschuss für uns Kinder. Sobald es ging, tobten wir nach draußen, trampelten uns Wege, zettelten wilde Schneeballschlachten an, bauten Schneemänner und Burgen. Das ganze Dorf war daran beteiligt. Es gab einfach kein Halten. Eine Zeitlang lockerte dann mein Vater die Spielverbote. Sowieso mussten die Zugänge zum Klohäuschen jenseits der Wiese und zum Holzverschlag unter dem Schuppen, wo unser Brennholz und die Kohlen lagerten, freigeschaufelt werden, das war oft meine Aufgabe und eine Arbeit, die mich jedenfalls nach draußen brachte.

Das Beste am Winter war ohne Frage das Schlittenfahren. Unser Dorf lag am Hang und eignete sich wunderbar zum Rodeln. Meine Eltern kauften uns zuerst einen Dreierschlitten, auf dem konnten wir drei großen Kinder sitzen, ich als der Kleinste vorn, meine älteste Schwester hinten, wo gesteuert wurde, meine mittlere in der Mitte. Zu dritt bekamen wir gut Fahrt, konnten mit den schnelleren Schlitten mithalten.

Vom Schlittenfahren gibt es viele Geschichten. Zwei will ich erzählen.

Mitten durchs Dorf verlief die winterliche Rodelbahn, mitten auf der Dorfstraße. Die Strecke teilte sich auf in einen steilen Teil zu Anfang, einen etwas flacheren in der Mitte und eine wiederum steilere Partie von dort bis nach unten. Sie begann im Oberdorf, umfuhr das Pfarrhaus und endete bei Onkel Georgs Hof, direkt unter unserm Flurfenster. Tagsüber beanspruchten die Bauern die Straße. Aber nach dem Dunkelwerden war Rodelzeit. Die gesammelte Dorfjugend traf sich mit ihren Schlitten, einsitzigen, zweisitzigen, dreisitzigen, oder zu sogenannten Bobs hintereinander gebundenen, die die Geschwindigkeit erhöhten, und sauste die spärlich von den drei oder vier Straßenlaternen im Dorf beleuchtete, vielleicht 150 bis 200 Meter lange Strecke hinunter. Mit großem Hallo und „Bahn frei!"-Geschrei, mit viel Karacho und wilden Überholmanövern, versuchte jeder möglichst viel Fahrt zu bekommen. Es war für Zuschauer und Akteure ein ungeheures Vergnügen. Alle waren dabei. Vielleicht erlaubte uns deshalb unser Vater ab und an daran teilzunehmen, wenn auch nur für ein oder zwei Stunden.

Allerdings war es strikt verboten, bis auf Onkel Georgs Hof zu fahren, weil dazwischen die Hauptstraße überquert werden musste und man die Autos erst sehr spät sah, wenn man die Dorfstraße hinunterschoss. Immer wurde uns eingeschärft, vor dem Erreichen der Straße zu halten. Allerdings gab es, zumal des Abends, nur wenig Verkehr, nur manchmal fuhren noch Lieferwagen verspätet in die Stadt zurück. Und wenn man so schön in Fahrt war und der Schwung noch reichte, bedeutete es einen erheblichen Lustverzicht, schon vorher abzustoppen. Deshalb hielten sich nicht alle Kinder daran, vor allem nicht die großen Jungen.

Einmal wäre beinahe ein ganz schlimmes Unglück passiert. In meiner Erinnerung habe ich es, eben gerade unten angekommen, miterlebt, aber heute bin ich mir nicht mehr sicher, ob die Geschichte wirklich so stattgefunden hat oder ob ich sie mir nur so vorstellte. Einer der besonders vorlauten großen Jungen war wieder trotz Verbot und Gefahr über die Straße gefahren, und just im gleichen Moment kam ein größerer Lastwagen vorbeigefahren. Abzubremsen war beiden nicht mehr möglich, also fuhren sie weiter, und ein unglaubliches Glück führte dazu, dass der Junge, bäuchlings auf seinem Schlitten liegend, genau zwischen Vorder- und Hinterreifen unter dem LKW hindurchsauste und unverletzt auf Onkel Georgs Hof landete. Ob Wirklichkeit oder Traum – das Bild hat mich lange begleitet und dafür gesorgt, dass ich nie die Straße überquerte.

Am Tage zogen wir zum Schlittenfahren zum Hessenberg, einem der Hügel jenseits des Tals, einen Kilometer vom Dorf entfernt. Dort gab es die steilste Abfahrt in der Gegend, eine richtige Rennstrecke mit einer Schikane auf halber Strecke, einer Kuhle, von deren Rand aus es nochmals steiler nach unten ging. Das war etwas für besonders Mutige. Die kleineren oder ängstlicheren unter den Kindern nahmen den angrenzenden, durch einen Stacheldrahtzaun von der benachbarten Wiese getrennten, aber und immer noch ziemlich steilen Weg. Mit dem Hessenberg verbindet mich ein Erlebnis das mich nachhaltig gebeutelt hat.

Ich habe erzählt, dass wir in den ersten Jahren nach dem Krieg von unseren Verwandten in den USA Carepakete erhielten. Einmal, da mag ich sechs- oder siebenjährig gewesen sein, lag eine wunderschöne fuchsfarbene Wildlederjacke im Paket, die passte nur mir, also fiel sie mir zu. Ich fand sie über die Maßen toll, wollte mich unbedingt und sofort überall damit zeigen, maulte und quengelte so lange herum, bis mir meine Mutter endlich erlaubte, sie zum Schlittenfahren anzuziehen, nicht ohne nachdrücklichste Ermahnungen, besonders achtsam mit ihr umzugehen.

So zog ich stolz zusammen mit meinen Schwestern mit dem Schlitten zum Hessenberg, an dem sich die Dorfjugend wieder versammelt hatte. Es herrschte viel Betrieb. Neben der eingezäunten Koppel führte die Bahn steil nach unten. Ich war sie noch nicht oft gefahren, nicht von ganz oben und schon gar nicht auf dem Bauch liegend. Aber heute war ein besonderer Tag. Der Stolz machte mich mutiger als je. Ich tat es den großen Jungen nach und fuhr die steile Strecke „mit Bauchklatscher" hinunter, also bäuchlings auf dem Schlitten liegend, was das Lenken und vor allem das Bremsen erschwert, aber die Geschwindigkeit erhöht. Es kam, wie es nicht anders kommen konnte. Ich lenkte falsch, konnte nicht mehr bremsen und landete im Stacheldraht. Die Lederjacke bekam eine riesige Sieben und war verdorben.

Mein Weg nach Hause war ein Bußgang. Es war ein langer, sehr einsamer Weg. Meine Schwestern gingen lieber nicht mit. Bis ich zu Hause ankam, hatte ich alle Strafen, die mich erwarten könnten, innerlich bereits ausführlich durchlebt. Es setzte schlimme Hiebe. Und anschließend ausgiebige Verbote. Es war ein raben-schwarzer Tag in meinem Leben.

Dann war da noch der Feuerteich, ein etwa 20 mal 10 Meter großes Betonbecken, das der Dorf-Feuerwehr im Falle eines Brandes als Wasserspeicher diente. Er besaß nur einen spärlichen Zulauf und fror im Winter schnell zu. Auch im Sommer besaß er Attraktionen. Man konnte dort Kaulquappen und Frösche fangen, d mit flachen Steinen titschern und unerlaubt baden. Im Winter wurde vorn am Rand immer ein Loch geschlagen, damit es im Falle eines Brandes einen schnellen Zugang zum Wasser gab.

Eines kalten Wintertages, ich mag vielleicht sieben oder acht Jahre alt gewesen sein, hatte ich mich wieder zusammen mit meiner großen Schwester von meinem Großvater aus ins Dorf geschlichen. Unser Ziel war der Feuerteich, der gehörte zu den verbotenen Zonen. Nur heimlich konnten wir hin. Aber seit Tagen tummelten sich hier die Dorfkinder auf dem Eis und legten Schlitterbahnen an. Nun hatte Tauwetter eingesetzt, und das besaß einen eigenen Reiz. Die Mutigsten unter den großen Jungen hatten einen neuen Spaß entdeckt; sie schlugen sich Eisschollen frei und versuchten sie mit langen Stöcken als Flöße zu nutzen. Eine tolle Sache!

Ich sah es und war vollkommen fasziniert, wollte, wenngleich im Herzen schon etwas zittrig (einerseits wegen des Wagnisses, mehr aber, weil mein Vater es mir niemals erlaubt hätte), es den großen Jungen nachtun und auch auf einer Scholle flößen. Also zog ich mit einem Stock eins der Eisstücke heran, und sprang, eh noch jemand von den anderen Kindern mich daran hindern konnte, mit einem Kinderschritt auf das Eis, das heißt, das wollte ich; die Scholle wollte es nicht, ich rutsche ab und versank mit einem Schrei im eisigen Wasser.

Irgendwie hat mich dann einer der großen Jungen, ausgerechnet der Sohn der Nachbarsfrau, nach Meinung meiner Eltern einer der schlimmsten Rüpel und Taugenichtse aus dem Dorf, von seiner Scholle aus zu fassen gekriegt, hat mich hochgezogen, ans Ufer bugsiert und vor dem Ertrinken gerettet. Ihm verdanke ich nichts Geringeres als mein Leben.

Als ich dann zu begreifen begann, was passiert war und plötzlich spürte, wie die Kälte in mir hochstieg, bin ich, so schnell ich konnte, mit meiner Schwester zurückgelaufen – aber natürlich nicht nach Hause, sondern zu meinem Großvater Ati. Nicht nur, dass das Haus, in dem er wohnte, näher lag; es war vor allem sicherer. Dort wurde ich von allen Kleidungsstücken befreit, warmgerubbelt, in Decken gepackt und an den Ofen gesetzt, musste heißen Tee schlucken und ein „Junge, Junge, was machst du aber auch für Sachen!" hören, aber sonst keine Vorwürfe.

Als ich es dann später meinen Eltern beichtete, bekam ich, auch das habe ich mir gemerkt, wider alle Erwartung keine Prügel. Vielmehr hat mein Vater sich offiziell bei meinem Lebensretter bedankt. Das war eine große Tat für ihn, nachdem er vorher nur abfällig über ihn und niemals mit ihm geredet hatte. Fortan ging er, Rüpel hin, Rüpel her, freundlich mit ihm um. Es war für uns alle ein Lehrstück.

Mein Vater und ich (2)

Mein Vater und ich – das hat sich, je älter ich wurde, für mich zu einer schwierigen, belasteten Beziehung entwickelt. Neben allem, was mir den Umgang mit ihm erschwerte, von dem ich schon erzählt habe, hatte ich noch ein weiteres Thema mit ihm, das mich meine Kindheit hindurch zunächst nur indirekt, nur unausgesprochen und atmosphärisch umschlich. Es war ein Familienthema, meine Schwestern (und natürlich auch meine Mutter) betraf es nicht minder. Erst mit Erreichen der Oberstufe fanden wir Kinder Worte dafür, immer noch ganz unzureichende, beschränkte, die auszusprechen aber fast unmöglich war. Im Wesentlichen schwelte das Thema im Untergrund, flackerte manchmal kurz auf, erhitzte unsere Gemüter und beizte die Atmosphäre. In seiner Brisanz und Sprengkraft hätte es unsere Familie auseinanderreißen können. Wie eine latente Bedrohung hockte es im Hintergrund. Speziell mein Leben erhielt dadurch eine entscheidende Richtung.

Erst lange nachdem ich aus dem Hause war, wagte ich, die unerhörten Fragen zu formulieren: „Was hast du gemacht während deiner Soldatenjahre? Woran hast du mitgewirkt? Was hast du auf dem Kerbholz? An welchen Unrechtstaten warst du vielleicht beteiligt? In welcher Weise und in welchem Maße warst du insbesondere an der Judenverfolgung und -vernichtung beteiligt? Wie viele Leben gehen auf dein Gewissen?“ Es waren Fragen, die lange brauchten, eh sie in mir Gestalt bekamen – aber ich habe sie meinem Vater, dem Offizier der Waffen-SS, Mitglied der Totenkopfbrigaden, nie gestellt. Ich behielt sie für mich. Alle Antworten darauf und alle Wahrheiten darüber hat er mit ins Grab genommen.

Als ich Kind war, habe ich von der Vergangenheit meines Vaters nichts gewusst. Wenn er darüber Klage führte, dass man ihn auf den Ämtern schlecht behandelte, dass er große Mühe hatte, seine Offiziers-Pension zu bekommen, fühlte ich allerdings, dass da etwas nicht passte. Erst als meine Schwestern, inzwischen in der Oberstufe, aus ihrem Geschichtsunterricht schreckliche Fakten über die Nazizeit mitbrachten, wenn sie beeindruckt von Filmen erzählten, die man ihnen gezeigt hatte, besonders als sie, wovon bei uns zuvor niemals die Rede gewesen war, das Thema Juden, Judenverfolgung und Judenvernichtung ansprachen und mein Vater erregt und laut über ihre Lehrer herzog, merkte ich: das ist ein gefährliches und zugleich ein fundamentales Thema, das ihm an die Substanz ging. Mein Vater schlug verbal um sich und meine Mutter pflichtete ihm bei: „Das sind alles Etappenhengste und Sesselfurzer, die euch sowas beibringen. Die waren nicht dabei, die wissen gar nicht, wie es wirklich war."

Aber wie es wirklich war, hat er uns nicht erzählt. Unsere Diskussionen am Esstisch gingen hoch her und endeten fast immer in Streit und Geschrei. Je mehr er schrie, desto weniger erreichte er uns. Und desto weniger überzeugte er mich. Wir Kinder merkten: Das ist kein gutes Thema für zuhause. Erst hinterher wurde mir bewusst, dass mein Vater, wenn er sich so vehement verteidigte, sich eigentlich anklagte.

Ich spürte seine Anspannung. Ich ahnte, dass sich hinter seinen Verbalattacken mehr verbarg. Er geriet in die Defensive. Aber weder traute ich mich, genauer nachzufragen, noch hat er uns Genaueres erzählt. Wie meine Schwestern begann ich, die Auseinandersetzungen mit ihm zu meiden, habe mich auch nicht weiter informiert. Ich habe die Puzzlestücke, die ich von ihm wusste, nicht zusammengesetzt. Das Thema sackte ab in den Tabu-Bereich. Sind die Eltern sprachlos, werden es auch die Kinder. Vielleicht hat sich jeder auf seine Weise geschützt.

Aber das Thema fraß sich im Untergrund voran. Viele Jahre vergingen, ehe ich etwas genauer hinschauen konnte. Mein Vater war früh in die NSDAP eingetreten, sicher auch aus Karrieregründen, aber ebenso aus Überzeugung und Begeisterung. Die Offizierslaufbahn eröffnete ihm dann die Zukunft, umso mehr, als er Angehöriger der Totenkopfbrigaden und Waffen-SS wurde. Stolz hat er uns seine in die Achselhöhle eintätowierte Blutgruppennummer gezeigt. Konnte er auch seine schicke schwarze Uniform mit dem Totenkopf an der Mütze nicht mehr tragen, verwahrte er doch auch nach dem Krieg noch seine alten Dienstgradabzeichen und das Ausgeh-Gehänge samt Seitengewehr weiter im Schrank; ich weiß gar nicht, wie er das alles rettete.

Wie wenig sich mein Vater von seiner Nazivergangenheit lösen wollte, zeigt sich auch darin, dass er sich, nachdem er aus der Gefangenschaft zurückgekommen war, wo immer das möglich war, mit „Herr Major" anreden ließ. Auf sein Briefpapier und die Briefumschläge ließ er seinen militärischen Rang drucken; da stand „Major a.D.", Major außer Diensten. Ich hörte es wie ein „derzeit außer Diensten". Als ob er nochmal in diesen Dienst kommen könnte!

Auch im Dorf wollte er immer zuerst gegrüßt und mit seinem ehemaligen Dienstgrad angeredet werden. Das empfand ich, je älter ich wurde, als immer peinlicher. Ich dachte: Eigentlich hat er doch gar keinen Beruf. Er sitzt zuhause am Schreibtisch und macht sich irgendwas zu tun, aber ein Beruf ist das nicht wie bei anderen Vätern, die irgendwo schaffen und für ihre Arbeit Geld nach Hause bringen. Aber er lässt sich anreden mit diesem Titel, den kein Mensch weit und breit führt und versteht. Im Dorf wurde über ihn, natürlich nur hinter vorgehaltener Hand, gespottet, und es vertiefte unsere Sonderrolle.

Meine ganze Kindheit hindurch lag über der Vergangenheit meines Vaters ein Grauschleier. Mühsam und zögerlich machte ich mich erst viel später, aber auch nur oberflächlich, auf Spurensuche. Aber woher sollte ich auch Informationen holen? Einmal habe ich meinen Vater gefragt, unverfänglich, in Empathie verpackt: „Musstest du mal schießen? Wie ist dir das gegangen?" Da hat er mir eine rührende Geschichte erzählt, dass er bei einer Patrouillenfahrt durch ein von aller Bevölkerung gesäubertes russisches Dorf auf ein vergessenes Mütterchen gestoßen sei, das sich weinend vor ihren Jeep warf – und das er leben ließ. Eine rührende Geschichte. Ein andermal sei er zu einem Erschießungskommando eingeteilt worden, aber dann doch zurückgezogen worden. Er habe nie schießen müssen. Eine Zeit lang wollte ich ihm die unter Tränen erzählten Unschuldsgeschichten glauben, zumal er bestimmt alles andere als schießwütig war. Und vielleicht stimmten seine Geschichten sogar. Er war eher ein Befehlsempfänger und Schreibtischmensch. Aber eigentlich stand hinter meiner Frage ja eine größere: „Was hast du dir zu Schulden kommen lassen?" Darüber sprach er kein Wort.

Nach und nach habe ich einiges über seinen beruflichen Werdegang erfahren und recherchiert. Mein Vater hat in der Waffen-SS Karriere gemacht, avancierte zum persönlichen Adjutanten von General Hausser, später SS-Oberst-Gruppenführer und ganz am Ende des Krieges Generaloberst der Waffen-SS. Unter Haussers Kommando waren SS-Einheiten unter anderem maßgeblich und nachweislich an zahlreichen Kriegsverbrechen und schweren Übergriffen sowohl gegen Soldaten der Roten Armee wie gegen die sowjetische Zivilbevölkerung, speziell bei der Entvölkerung der eroberten Gebiete, beteiligt. Und nicht nur das.

Immer wieder hat mein Vater betont: Er sei Angehöriger der Waffen-SS, das sei eine kämpfende Truppe gewesen, eine Elitetruppe. Indirekt wehrte er damit alle Vorwürfe ab, die SS sei zur Judendeportation und zur KZ-Bewachung eingesetzt worden. Nachweislich war es aber anders. Gerade die Totenkopfbrigaden, zu denen er gehörte, wurden vornehmlich zur Bewachung von Konzentrationslagern herangezogen. Das wollte mein Vater nicht hören – auch wenn es für ihn selbst nicht zutraf, weil er im Generalstab tätig war.

Auch die Waffen-SS wurde ab 1942 vor allem zur Säuberung der Bevölkerung in den besetzten russischen Gebieten eingesetzt, das heißt einerseits zur Liquidierung der Zivilbevölkerung in den eroberten Dörfern, andererseits zu Selektierung und Transport der jüdischen Bevölkerung in die Vernichtungslager.

Dass mein Vater an den Säuberungsaktionen beteiligt war, bestätigte er mir indirekt durch jene Geschichte von der Patrouillenfahrt, die ich erzählte. Die hinter ihr liegende Wahrheit begriff ich erst später.

Ich weiß nicht und werde es auch nie erfahren, an was mein Vater beteiligt war und was er sich persönlich hat zu Schulden kommen lassen. Von den Nazi-Gräueln hat er sich nie distanziert, fand nie den Weg zur persönlichen Selbstkritik; ebenso wenig wie meine Mutter, die immer in seinem Kielwasser schwamm. Was er selbst zu verantworten hat, wo und wie er eingesetzt wurde, was er wusste, an welchen Befehlen er mitwirkte, bleibt mir verborgen. Nur indirekt kann ich schließen: Wer nichts sagt, hat viel zu verschweigen. Meine Eltern hatten offensichtlich viel zu verschweigen. Sie haben ihre nicht erzählten Geschichten mit ins Grab genommen.

Anzuerkennen, dass, was mein Vater zu verantworten hat, Teil meiner Familiengeschichte ist, dafür habe ich lange gebraucht; auch dafür, zu begreifen, dass ich seine Geschichte bei ihm lassen muss. Zwar haben mich die Folgen erreicht und ich muss mit ihnen leben und mein Eigenes daraus machen. Aber die Taten und Untaten meines Vaters und seiner Generation sind nicht meine. Ich bin für sie weder zuständig noch verantwortlich. Ich kann sie auch nicht gutmachen. Sie bleiben an ihm hängen. Dafür haben allein er und seine Zeitgenossen die Verantwortung zu tragen.

Andererseits hatte die verschwiegene Vergangenheit meines Vaters, so habe ich es später gesehen und zu verstehen versucht, eine erhebliche Nachwirkung auf mich. Sie gehört nicht in meine Kindheit, aber sie hat dort ihre Wurzeln. Von Familiengeheimnissen weiß man, dass sie nicht spurlos verschwinden, sondern sich, meist indirekt, in der nächsten Generation wieder melden.

Lange dachte ich, meine Berufswahl, Pfarrer, habe ihren Ursprung darin, dass ich durch meine Anbindung an die Kirche der häuslichen Kontrolle meines Vaters entkommen konnte. Das war aber wohl nur ein Oberflächenmotiv. In der Tiefe war es wohl genau umgekehrt.

Wie ich erzählte, floh ich in den schlimmen Verbotsjahren meines Vaters immer wieder ins Nachbarhaus zu meinem Großvater und versuchte so, den strengen Augen meines Vaters zu entgehen. Nach der Konfirmation eröffnete sich mir noch ein weiterer Fluchtweg. Ich engagierte mich in der evangelischen Jugend und nahm an allen Angeboten der Kirche teil, wenn sie mich nur irgendwie außer Hauses führten. Darüber hinaus wurde der christliche Glaube für mich zu einer inneren Heimat, zu einem Ort der Freiheit und des inneren Widerstands gegen die Lebenseinstellung meines Vaters.

Aber ich glaube, meine Berufswahl besaß einen tieferen Grund, als vor meinem Vater zu fliehen. Ich glaube, es war gewissermaßen andersherum. Ich wollte etwas besser machen, und das heißt auch: etwas gutmachen. Ich spürte, dass er etwas zu verbergen hatte, das sehr schlimm war. Deshalb ergriff ich den nach meiner damaligen Überzeugung moralisch einwandfreiesten aller Berufe. In der Tiefe meiner Seele wollte ich etwas ausgleichen, was mein Vater vielleicht verbrochen hatte. Es war, nach heutigem Verstehen, der kindliche Versuch, dem Bösen zu entkommen. Ich wollte das Böse aus meinem eigenen Leben herauszuhalten und schlug mich auf die Seite des Guten. Dass es mit böse und gut nicht so einfach ist, habe ich erst später begriffen.

Dazu gibt es noch eine Geschichte, und zu der muss ich ein wenig ausholen. Wie nah ich meinem Vater bin, habe ich in meiner Kindheit nicht sehen wollen und auch nicht sehen können. Dass mich meine Eltern „Wolf" nannten, war Programm; der Wolf vom Wolfgang. Deutlicher konnten sie kaum ausdrücken, wie wichtig ihnen der Stammhalter war. Zur besseren Unterscheidung hängten sie dann mit Bindestrich noch den zweiten Namen „Henning" an. Ich trug meinen Namen immer gern. Wie auch mein zweiter strahlte er für mich Besonderes aus. Bis heute habe ich niemanden kennengelernt, der so hieß.
Namen, obwohl heute oft nur noch nach ihrem Klang ausgesucht, sind für mich nicht Schall und Rauch. Sie sagen etwas über die Eltern, die sie aussuchten, und sie machen etwas mit ihrem Träger, den sie ein Leben lang begleiten. Viele Namen, obwohl kaum noch erkennbar, tragen eine Bedeutung. Bei mir war sie offensichtlich. Aber ich brauchte lange, um sie mir vollständig zu erschließen.
Es war bei einem Workshop in den 80ger Jahren im Rahmen einer therapeutischen Ausbildung. Der Leiter fragte uns, was

für Gefühle wir mit unserem Namen verbänden, und ich sehe noch das Grinsen und Gnickern der Gruppe, als ich ausführlich erzählte, dass mir mein Name Wolf schon immer gut gefiel, weil er so selten sei, und der Wolf als Tier sowieso, er lebt in Rudeln, ist liebevoll zu seinen Jungen, ist verlässlich, schlau, listig und ausdauernd, stark und mutig, selbst unter extremen Bedingungen lebenstüchtig, ein schönes Tier, mit einem wunderschönen Fell, in seiner gezähmten Entwicklung ein treuer Begleiter des Menschen, ein aufmerksamer Wächter und Verteidiger seiner Herrschaft. Ich redete mich in Begeisterung. Der Leiter machte irgendwelche kleinen Bemerkungen, die ich nicht wahrnahm, und die Gruppe feixte – bis ich merkte, dass irgendetwas nicht stimmte, und mir dann mit einem Schlag deutlich wurde, dass ich dem Wolf einen Schafspelz angezogen hatte.

Diese Erkenntnis ging mir lange nach, löste eine Kette von Einsichten aus. Die andere Seite der Realität meldete sich: Wölfe sind zuerst Raubtiere. Wenn sie ausgehungert sind, können sie gefährlich, heimtückisch und böse sein, sie greifen aus dem Hinterhalt an und hetzen ihre Beute zu Tode. Wenn sie die Winternächte verheulen, fährt es Menschen durch Mark und Bein. Deshalb hat man sie nahezu ausgerottet.

Dem Wölfischen in mir habe ich mich nur langsam genähert; zu sehr stand es im Widerspruch zu dem heilen Gutmensch-Entwurf meines Lebens, der mich Pfarrer werden ließ, um alles zum Besten zu kehren. Denn es ist eine schwere, abgründige Einsicht. Die schlichte Erkenntnis in die Doppelbödigkeit meines Namens wurde für mich wie eine Tür in die eigene Unterwelt, in das eigene Verdrängte, Unerträgliche, Böse. Ich habe mich sofort ertappt gefühlt. Sie machte mir klar, dass nur ein gnädiges, unverdientes Schicksal mich vor dem Schlimmem bewahrte, das ich mir gern vom Hals gehalten hätte, das mich aber innerlich mit meinem Vater verband. Mich holte die Einsicht ein, dass vor der Tür immer ein gefährlicher Wolf lauern kann.

Die Lebensumstände, die meinen Vater zum Nazi machten, besaßen ihre eigene Verführungskraft. Vielleicht hätten sie auch mich verführt. Mein Vater verdankt der Zeit eine aus seiner Sicht steile Karriere. Und es waren viele, die mit ihm „Heil Hitler!" schrien. Alles das entlastet ihn nicht. Es gab auch welche, die nicht mitschrien. Er hätte auch anders können. Er hätte auch späte Reue zeigen können.

Eine innere Gegenkraft, eine religiöse oder weltanschauliche Bindung, die ihn ermächtigt hätte, die Nazi-Ideologie infrage zu stellen, besaß er nicht. Vielleicht kann man daran, dass er nie Reue zeigte, nie sich distanziert hat, noch erkennen, wie sehr ihm, in einer verdrängten Tiefe, sein Gewissen doch zusetzte, so sehr, dass es ihn, hätte er ihm nachgegeben, innerlich zerfetzt hätte. Dem äußerlichen wäre der innerliche Zusammenbruch gefolgt.

Dieser Vater, der sich von seiner Vergangenheit nicht lösen konnte, der in der SS Karriere machte, der nie die Kraft hatte, sich dem eigenen Unrecht zu stellen, hat mir, seinem Sohn, in den er sich vererben wollte, eine schwere Mitgift in die Wiege gelegt. Ich nehme, was er mir aufbürdete, an mich, nicht als eine Schuld, wohl aber als eine in meine Seele unüberschreibbar eingeritzte Einsicht. Ich nehme es nicht als eine Aufgabe, das Vergangene wiedergutzumachen – denn da lässt sich nichts wiedergutmachen –, sondern als ein Erschrecken, das mich wachrüttelt. Ich nehme es zu mir nicht als Schandfleck auf der eigenen Brust, aber doch als Kainsmal der Erinnerung. Als Mahnzeichen für das geschundene Leben, dem wir alle und ebenso ich uns verdanken.

So viel mir die Wiegengabe meines Vaters an Lebens-Einsichten aufnötigte, so belastend war sie im Einzelnen und

Kleinen. Die zahllosen Gebote und Verbote, die Kontrollen und Strafen haben meine Kindheit, wenn nicht zur Qual, so doch zu einer Zeit der Angst werden lassen. Und zugleich hatte, was er mit mir machte, auch wenn ich es erst nicht wahrhaben wollte, neben den bitteren auch gute Wirkungen für mich im Beipack. Die schwierigen Jahre meiner Kindheit haben mich auf bestimmte Weise gestärkt und widerstandsfähiger gemacht. Sie haben mich gelehrt durchzuhalten und der eigenen Kraft zu vertrauen. Und sie haben mir ein reiches Innenleben geschenkt.

Das sage ich nicht wie einer, der später milde werdend die Ängste der Vergangenheit verharmlost. Ich lobe nicht, was hart macht. Hart sein erdrosselt die Liebe. Ich schließe mich denen nicht an, die meinen, Schläge hätten noch niemandem geschadet. Sie haben mir geschadet. Sie haben mein Verhältnis zu meinem Vater zerrüttet. Seine Erziehungsmethoden heiße ich nicht gut. Ich glaube schon, dass man Kinder liebevoller und mit weniger Angst ins Leben begleiten kann. Und wie sehr hätte ich mir einen Vater gewünscht, zu dem ich mit meinen Unzulänglichkeiten hätte kommen dürfen, von dem ich Ermunterung und Erlaubnisse gehört hätte. Ich hätte einen gebraucht, der mit freundlichen Augen hinter mir gestanden hätte und nicht bedrohlich vor mir. Es waren für mich wirklich in vieler Hinsicht unerträgliche Jahre mit meinem Vater. Aber auch das ist meine Einsicht: Neben dem Bösen wächst auch das Gute, neben dem Schlimmen das Mutmachende, neben dem Erdrückten das Lebenskräftige.

Wie auch immer: Diesen Vater hatte und habe ich. Er hat mir seinen Stempel aufgedrückt. Er hat mich geängstigt. Er hat mich gefordert. Und bei allem ist ein Doppeltes unbestreitbar: Ich war ihm wichtig. Er war mir wichtig.

Nachgedanken

Mich zurückzubesinnen, Nachschau zu halten, wie ich denn geworden bin, auch noch einmal zu entdecken, in welchem Maße ich in die Geschichte, in der ich groß wurde, verwoben und in die Geschichten jener Menschen eingebunden bin, zu denen ich gehörte, war eine Einsicht der späten Jahre. Sie entwickelte sich aus einem zwiefachen Bedürfnis; einerseits nicht alles, was mir widerfuhr, im Nebel des Vergessens zu verlieren, andererseits mich meines Ursprungs zu versichern. Im Gefühl, dass den Menschen in aller Regel nichts so prägt wie seine ersten Jahre, habe ich mit wachsender Aufmerksamkeit zurückgeschaut. Vergessene Szenen aus meinen Anfangsjahren, Erlebnisse, die mich bewegt haben, bekamen plötzlich noch einmal Farbe und formten sich zu kleinen Geschichten. Ich merkte: Von hinten her setzt sich das Leben aus Geschichten zusammen.

Alles, was ist, ist zugleich Teil einer größeren Geschichte, versponnen und verstrickt in das, was vor ihm war und nach ihm kommt. Mit unseren Geschichten, wie ungewöhnlich und eigenmächtig sie auch sein mögen, flechten wir uns ins Ganze. Zweifach bin ich eingebunden: Zunächst setzte mir die Zeitgeschichte, die Situation nach dem Krieg, den harten Rahmen. Zugleich schreibt auch jeder Mensch und jede Familie die eigene Geschichte und greift dabei auf jene Lebensmuster und Bewältigungsstrategien zurück, die sich in der eigenen Familie über Generationen entwickelten. Auch das setzte mir meinen Rahmen. Schaue ich genauer hin, bin ich auf viele Weise ein Kind der Gegebenheiten, mehr: Die meisten meiner Wege sind mir vorgezeichnet.

Da ist zuerst mein Anfang. Es ist wie mit jedem Leben: Zu unserm Anfang tun wir nichts dazu. Wir fallen in die Zeit. Wenn die Gelegenheit uns günstig ist, gibt sie uns Raum. Das Leben fällt uns zu, wir sind ein Zufall. Wir kommen auf, wir bleiben eine Weile und gehen wieder je im Fluss der Zeit. Nach seiner Laune spült das Leben uns ans Licht und taucht uns dann zurück ins Dunkel.

Kein Mensch und keine Kreatur hat Macht, den eignen Platz ins Leben auszuwählen. Er wird uns vorgesetzt und aufgegeben. Mein Schicksal war, im März des Jahres 43 zur Welt zu kommen, unter solchen Umständen, in dieser Familie.

So unverdient wie schuldlos wurde ich hineingeworfen in den Lauf der Zeit, wie jeder Mensch. Wir greifen die Stafette auf in unsrer Weise, wir stürmen eine Weile los nach vorn, so gut wir können - und reichen sie schon bald an andre weiter. Der Stab geht ohne Ansehn der Person von einer in die nächste Hand. Wir haben dabei weder Macht und Zugriff über das, was uns vorausging, noch über das, was auf uns folgt.

Was man mir mitgab auf meinen Weg, das nehme ich, so wie es mich erreicht hat: So nehme ich den Mutterleib, der mich geboren hat, ich nehme meine Eltern, Geschwister und Familie mitsamt ihrer Geschichte, der offiziellen und gewünschten und gleichfalls der verkannten oder verschwiegenen. Mein Geschlecht, meine äußere Erscheinung, die Farbe meiner Haut, mein Körper samt Gesundheit und Beschränkungen – sie werden mir in die Wiege gelegt. Auch meine Heimat ist mir vorgegeben, die Zugehörigkeit zu Volk und Nation, zu den herrschenden Ideologien, Glaubensüberzeugungen und Wertvorstellungen, samt Sitten und Gebräuchen, Weltverständnis und Weltdeutung, Zivilisation, wissenschaftlichen Erkenntnissen und technischen Möglichkeiten, samt Kunst und Kultur mit ihrem je besonderen Gewordensein: Alles das setzt mir längst den Rahmen. Den Ort und die Zeit meiner Geburt und was bei meiner Ankunft mich erwartet, kann ich mir nicht aussuchen. Ich muss es nehmen, wie es kommt, ob Frieden herrscht oder Krieg, Armut oder Wohlstand, Freiheit oder Unterdrückung. Das alles ist der Grund, auf dem ich wachse, der Horizont, der mich umgibt, die Luft, die mich umweht, die Geschichte, die, will ich die meine verstehen, erzählt werden muss.

Ich wurde, als meine Lebensreise begann, nicht gefragt, ob ich es haben wollte, was man mir in den Ranzen packte. Jeder muss nehmen, was da ist. Und es macht auch keinen Unterschied, ob einer, was ihm mitgegeben wurde, beachtet und erkennt, ob er es überhaupt versteht, noch weniger, ob er es zu schätzen weiß, und auch nicht, oder ob er es verachtet, ablehnt und verleugnet. Was man uns mitgibt, kommt ebenso als Unbewusstes wie als Vertrautes zu uns, als Sichtbares und auch als Schatten. Es braucht unsre Zustimmung nicht, um zu sein. Aber wir, wenn wir ihm nicht zustimmen, verlieren unsern Boden.

Das Kind, in diese Welt gesetzt, hat keine Wahl. Das ist ein weitreichender Satz. Das anzunehmen, was gerade da ist, ist die Bedingung, dass ich sein kann. Dann jedoch nimmt der größer werdende Mensch, wie jedes Lebewesen, das auf die Welt kommt, was er vorfindet, als seins und macht was draus. Zunächst erscheint es ihm zumeist, als wäre, was er antrifft, völlig neu, allein für ihn bestimmt. So sucht sich jeder seinen Platz im Strudel der zufälligen Gelegenheiten und baut an einer, seiner eigenen, neuen Welt. Erst nach und nach begreift er, was schon immer galt: dass er ein Kind der Zeit ist, hineingesetzt in eine längst vorhandene Welt, in vorgegebenes Leben.

Indem das Leben zu mir kam, bin ich vernetzt – und diese Einbindung ist zugleich auch selber Teil meines Lebens, macht mich zum Träger einer Kraft, die weit über mich hinausreicht. Als Glied in einer langen Kette bin ich nach hinten und nach vorn gebunden, ein Teil des Ganzen. Jedoch an meiner Stelle einzig, unverwechselbar. Denn beides gilt: ich bin ein zufälliges Kind des Ganzen. Und ich bin einzigartig. Jetzt ist es in meine Hand gegeben, das Meine daraus zu machen.

Was mir von Zeit und Menschen als Erbe mitgegeben wird, das spüre ich im Guten wie im Schlimmen, als Lebenslust und Lebenslast. Es trägt mich und es hängt zugleich an mir. In manchem lastet es schwer und wie ein Fluch auf mir, und manchmal erlebe ich es auch als Segen.
Diese Ambivalenz wahrzunehmen und zu akzeptieren, ist nicht leicht. Ich habe in meinem Leben dafür Zeit gebraucht. Ich brauchte Zeit zu begreifen, dass, wenn ich diese Welt betrete, ich alles, wie es ist und kommt, als Bedingung nehmen muss – *und auch nehme*, alles, das Gute und das Böse, das Leichte wie das Schwere, so wie es mir die Eltern und die Umstände weitergaben. Es folgt mir mit, wohin ich immer gehe. Ich trage sein Kainsmal an mir. Ich habe keine Wahl. Entscheiden kann ich nur, ob ich es offen tragen will. Scheint mir das Gute auch willkommen leicht, das Böse unerträglich schwer, ist es doch beides meins. Das Gute nimmt, das Böse gibt dem Leben Gewicht.

Dem zuzustimmen, was an Angenehmen auf uns kommt, fällt uns nicht weiter schwer. Und gerne deutet jeder es als sein Verdienst. Das Fremde, Schwere, Böse andrerseits will niemand haben und tut, als wäre es ihm freigestellt, es auszuschlagen wie fremde Schulden, wie eine unbequeme Erbschaft. Als könnten wir, die Spätgeborenen, es leugnen und

vergessen, es ungeschehen machen und folgenlos vom Alten zehren ohne zu bezahlen. Als könnten wir, nachdem die Eltern saure Trauben aßen, jetzt nur die süßen kosten.
Doch damit werden wir es nicht los. Nichts, was gewesen ist, kann ungeschehen werden, nichts lässt sich später aus der Welt entsorgen. Das Große nicht, Gewalt und Hass, Mord und Massenmord und schreiendes Unrecht, die Altlasten unserer Eltern, Großeltern und Vorfahren; und auch das Kleine nicht, die eignen Verfehlungen und Bosheiten und der eigne Anteil am gesamten Bösen. Dem Fluch der Vergangenheit kann ich nicht entkommen.

Um sich als Segen auszubreiten, braucht das Erbe Achtung, jene Achtung, die den Früheren die ganze Größe und die ganze Schuld belässt, auch dem eigenen Früheren, nichts davon wegnimmt und nichts zutut, auch nichts auszugleichen oder gutzumachen sucht, was sie versäumten.
Was immer meiner Geschichte den Raum absteckt – nur wenn ich es ohne Attitüde dessen, der heute alles besser weiß und anders machen kann, sondern quasi demütig akzeptiere, als etwas, das mir unabwendbar mitgegeben ist und in seinen Folgen auch mich unausweichlich trifft, das nun auch zu mir gehört, etwas, das ich selbst nicht machte, für das ich nicht die Verantwortung zu tragen habe, das ich nicht ändern kann und auch nicht muss, doch das mein Leben mitbestimmt: dann verliert es, davon bin ich überzeugt, seine schädliche, dämonische Macht. Dann wird es, so schwer es ist, in gewisser Weise leicht und auch zum Segen. Dann gibt das übernommene Erbe meinem Leben Gewicht und macht mich an Erfahrung reich.
Schon oft habe ich gedacht: Welches Glück für mich und unser ganzes Volk, das wir den Krieg verloren und das Unrecht in seiner ganzen Grausamkeit ans Licht kam. Wir können dem Bösen nicht ausweichen. Aber wir können es jetzt

anders machen. Das Böse gibt unserm Tun Gewicht. Es macht uns klarer und bescheidener. Das ist sein Segen.

Ich stimme zu – das ist für mich also der schwere Satz, der mich entlastet. Ich stimme zu, wie ich's, als ich geboren wurde, längst schon tat. Ich stimme zu, dass mein Erbe zu mir gehört, Teil meiner Geschichte ist. Ich stimme nicht zu in dem Sinne, dass ich ihm späte Absolution erteilte. Ich stimme nicht zu in dem Sinne, dass ich dafür die Verantwortung trüge. Aber ich stimme zu, dass ich die Folgen trage. Sie sind der Preis für mein Leben.

Ich halte inne, und ich schaue jene an, die mir das Leben gaben, meine Mutter und meinen Vater, die auch das Leben schon entgegennahmen von denen, die vor ihnen waren und ihrerseits das weitergaben, was sie von ihren Eltern nahmen, die wiederum, was sie von Früheren empfangen hatten, an Spätere verteilten; und so, in langen und verzweigten Ketten ungezählter Glieder, geschieht ein stetes Nehmen und ein Weitergeben des Lebendigen. Ich schaue, ich erschaudere und ich staune, wie all das zu mir kam, und ich verneige mich vor seiner Fülle, vor seiner Wucht und Schwere; und auch seiner Kraft und seinem Reichtum.
In denen, die als nächste mir vorausgingen, respektiere und ehre ich zugleich auch die, die ihnen ihren Platz im Leben gaben, und weiter rückwärts jene, die vor ihnen kamen, und so aufsteigend, allmählich mehr im Nebel des Vergessenen verschwimmend und entrückt, die ungezählten anderen, in deren Lebensfluss ich weitertreibe, die mir das Ihre mitgaben, von denen ich schon längst nichts weiter weiß, geschweige ihre Namen kenne, doch denen ich mich ebenso verdanke und verbunden weiß. Ich respektiere und ehre sie und durch sie durch das Große Ganze, das alles trägt, das allem, was geworden ist, und so auch mir und meinen Kin-

dern, als Antrieb innewohnt, das Leben gibt und selber Leben ist, dem wir den Namen geben: Gott; oder Liebe; oder ganz einfach: das Leben. Und es vereint in sich untrennbar das Gute und das Böse, Gedeihliches und Zerstörerisches, Chance und Zufall, Leben und Tod.

Das Große Ganze macht für einen kleinen Augenblick, der aber meine ganze Ewigkeit umfasst, in meinem Leben Halt, schenkt mir ein Quantum Leben. Für einige Momente gibt es mir die Chance, teilzuhaben an seiner komplexen, in hellen wie in dunklen Farben schillernden Fülle und meine eigenen unverwechselbaren Wege zu erfinden. Und während ich noch staune über das, was dieses Leben mir gewährt, mir ermöglicht und auferlegt, zieht es mit mir schon weiter. Aber für einen Wimpernschlag gehört mir diese Welt und gibt mir Raum für meine eigenen Geschichten.